金庸武俠史記〈射鵰編〉

三版變遷全紀錄

《彩筆金庸改射鵰》增訂版

書名：金庸武俠史記〈射鵰編〉三版變遷全紀錄（《彩筆金庸改射鵰》增訂版）
系列：心一堂　金庸學研究叢書　金庸版本的奇妙世界
作者：王怡仁
執行編輯：潘國森　陳劍聰
封面設計：陳劍聰

出版：心一堂有限公司
通訊地址：香港九龍旺角彌敦道610號荷李活商業中心十八樓05-06室
深港讀者服務中心：中國深圳市羅湖區立新路六號羅湖商業大廈負一層008室
電話號碼：(852) 67150840
網址：publish.sunyata.cc
電郵：sunyatabook@gmail.com
網店：http://book.sunyata.cc
淘宝店地址：https://shop210782774.taobao.com
微店地址：https://weidian.com/s/1212826297
臉書：https://www.facebook.com/sunyatabook
讀者論壇：http://bbs.sunyata.cc

版次：二零一三年一月初版（書名：《彩筆金庸改射鵰》）
二零一九年二月增訂版（書名：《金庸武俠史記〈射鵰編〉三版變遷全紀錄》）

平裝

定價：港幣　一百二十八元正
新台幣　四百九十八元正

國際書號　978-988-8582-22-8

香港發行：香港聯合書刊物流有限公司
香港新界大埔汀麗路36號中華商務印刷大廈3樓
電話號碼：(852)2150-2100　傳真號碼：(852)2407-3062
電郵：info@suplogistics.com.hk

台灣發行：秀威資訊科技股份有限公司
地址：台灣台北市內湖區瑞光路七十六巷六十五號一樓
電話號碼：+886-2-2796-3638　傳真號碼：+886-2-2796-1377
網絡書店：www.bodbooks.com.tw
台灣國家書店讀者服務中心：
地址：台灣台北市中山區松江路二〇九號1樓
電話號碼：+886-2-2518-0207
傳真號碼：+886-2-2518-0778
網址：www.govbooks.com.tw

中國大陸發行 零售：深圳心一堂文化傳播有限公司
地址：深圳市羅湖區立新路六號羅湖商業大廈負一層008室
電話號碼：(86)0755-82224934

心一堂微店二維碼

心一堂淘寶店二維碼

大俠們的江湖故事，從此塵埃落定

二〇〇六年新修版《鹿鼎記》上市後，金庸的第二次大改版全數竣工。金庸筆下俠士俠女的江湖故事，看似已拍板定案、塵埃落定，然而，在後來的報社採訪中，記者又報導：「《鹿鼎記》中七女共事一夫的結局，金庸覺得不符合人性，認為『不夠愛』韋小寶的阿珂、方怡、蘇荃，甚至是打打罵罵的建寧公主，都應該『跑了才對』。不過金庸搖搖頭說，『改下去沒完沒了』，現在他一心專注於歷史研究之中，『暫時』放她們一馬吧！」

這段話就像是伏筆，讓研究金庸版本的我充滿期待，總覺得金庸在有生之年，必然還有第三次大改版，而且第三次大改版一定會讓韋小寶的感情世界有翻天覆地的更動。

但就在二〇一八年十月三十日晚上，我得知了金庸溘然仙逝的消息。霎時之間，我的內心澎湃無已，既感傷大師離世而去，同時也確信，金庸筆下的江湖，已然塵埃落定，不會再有更新的版本了。

那天晚上，我撫觸著書架上一整套的金庸小說，心中百感交集。我總覺得，我這一代人幾乎都是在金庸的陪伴下長大的，以我而言，不論是學生時代暗無天地的升學考試歲月，或踏入職場後的許多枯索煩悶的時光，每當我打開金庸小說時，郭靖、黃蓉、楊過、小龍女、張無忌、趙敏……就會馬上陪在我身邊，我也會一頭栽進詭奇精彩的金庸武俠世界，忘卻一切煩憂。

一直到現在，每每在出差前，想到交通與旅館中的寂寞時光，想要帶一本書來消遣，即使已經閱讀過無數次，熟悉書中每個細節，我還是會再拿出一本金庸小說，塞進行李箱，成為我旅途中的良伴。

而在我投入金庸版本的研究後，更是對金庸的創作功力讚嘆無已。金庸小說歷經兩次大改版，有三種版本，小說中有多段情節，在三種版本中，各有不同的風貌。原本我還期待，在新修版出版後，意猶未盡的金庸，還會有第三次大改版，因為我相信金庸腦袋中的創意，絕對不會在新修版中悉數呈現，因此他或許還在醞釀下一次的改版修訂。然而，隨著金庸的仙去，我輩讀者們再也無福知道，金庸是否還有更多未展露的創意，也無緣再欣賞大師尚未道出的精彩。

大師仙去，身為讀者的我們，除了感傷，更有無限的感恩。雖說哲人已遠，大師仙逝，但金庸筆下的江湖仍將永遠存在，在江湖中也依然有著金庸的身影。我相信金庸已然成為永恆，我們緬懷大師，也將繼續沉醉於金庸的武俠世界中！

王怡仁

二零一八年十月三十一日

娛樂出版社舊版（一版）《射鵰英雄傳》第十集封面，為獲作者授權的版本。

武俠小說出版社舊版（一版）《射鵰英雄傳》第一集封面，為獲作者授權的版本。

　　李萍在沙坑中躲了一天兩晚，到第三天上，實在餓得熬不住了，鼓勇出去，遍地都是死人死馬，慘不忍覩，黃沙白雪之中，拋滿了刀槍弓箭，環首四望，竟無一個活人。李萍從死兵身上找到一些乾糧吃了，設法生了火，割了一塊馬肉烤了起來。好在朔風之中，屍體不會腐爛，她以馬肉爲生，在戰場上挨了七八天，精力漸復，抱了孩子，信步往東走去。行了數日，地下草木漸多，正行之間，突然呼的一聲，一枝箭從頭頂飛過。

　　李萍大吃一驚，緊緊將孩子抱在懷裏，只見前面兩騎馬奔馳而來，大聲喝問。李萍將遇到兩軍交戰，雪地產兒的事說了，自己的身世却隱去不提。

　　那兩人是蒙古牧民，心地很是良善，雖然不懂她的言語，但見她孤苦，就邀她到蒙古包裏去飽餐了一頓，好好睡了一覺。蒙古人以遊牧爲生，趕了牲口東西遷徙，追逐水草，所以沒有固定的居屋，用毛氈搭成帳篷以蔽風雨，這就稱爲蒙古包了。這羣牧民離開時留下了三頭小羊給她。

　　李萍含辛茹苦，胼手胝足，在大漠之中熬了下來。她在水草旁用樹枝搭了一所茅屋，一面畜養牲口，一面將羊毛紡條織絨，與過路的牧人交換糧食。匆匆數年，孩子已經六歲了。李萍依着丈夫的遺言，替他取名爲郭靖。這孩子生得筋骨强壯，聰明伶俐，已能在草原上放牧牛羊，這在蒙古人原也不足爲奇。

112

娛樂出版社舊版（一版）《射鵰英雄傳》郭靖生得聰明伶俐」的原文。

周伯通笑道：「這稱呼是萬萬弄錯不得的。若是你我假扮戲文，那麽你叫我娘子也好，媽媽也好，女兒也好，更是錯不得一點。」郭靖連聲稱是。

周伯通側過了頭，問道：「你猜我怎麽會在這裏？」郭靖道：「兄弟正要請問。」周伯通道：「說來話長，待我慢慢對你說。你知道東邪、西毒、南帝、北丐、中神通五人在華山絕頂論劍較藝的事吧？」郭靖點頭道：「兄弟曾聽人說過。」周伯通道：「那時是在寒冬歲盡，華山絕頂大雪封山，他們五人口中談論，手上比劍，在大雪之中直比了七天七夜，東邪、西毒、南帝、北丐四個人終於拜服我師兄王重陽的武功是天下第一。你可否知道五人因何在華山論劍？」郭靖道：「這個兄弟倒不會聽說過。」周伯通道：「那是爲了一部經文……」郭靖接口道：「九陰眞經。」

周伯通道：「是啊！兄弟，你年紀雖小，武林中的掌故倒知道得不少。那九陰眞經是武學中第一奇書，相傳是達摩祖師東來，與中土武士較技，互有勝負，面壁九年，這才參透了武學的精奧，寫下這部書來。那一年不知怎樣，此書忽在世間出現，天下武學之士，無一不欲得之而甘心，紛爭不已，據我師兄說，爲了爭奪這部經文而喪生的成名豪傑，前前後後已逾百人。凡是到了手的，都想依着經中所載習練武功，但練不到一年半載，總是被人發覺，追蹤而來劫奪。循環往復，殺人無算。得書者千方百計的躲避，但搜尋者耳目衆多，總是放

693

娛樂出版社舊版（一版）《射鵰英雄傳》《九陰真經》作者是達摩的原文。

郭靖大奇，道：「什麼？那鳥能聽咱們的說話。」南琴正待回答，秦老漢在隔室聽見兩人對答，走到房門口低聲道：「晚上不便多談，明兒老漢再與恩人細說。」當下道了安息，携了孫女的手出房去了。

郭靖見他臉上神色驚恐，更感奇怪，睡在床上，思念黃蓉現下不知身在何處，將來和她相見時不知她對自己如何，心中思潮起伏，翻來覆去的無法入睡，將到子夜，突然間聽得咕、咕、咕的響了三聲，正是適才那鳥的鳴叫。郭靖胸口煩惡，心想反正安睡不得，不如去瞧瞧那吃毒蛇的鳥兒是何等模樣，當下悄悄起身，躍出窗子，正要向那鳥鳴之處走去，忽聽背後一人低聲道：「恩人，我和你同去。」郭靖回頭，見南琴披散頭髮，站在月光之下。

她這副模樣，倒有三分和梅超風月下練功的情狀相似，郭靖不禁心中微微一震，只是這少女膚色極白，想是自幼生在山畔密林之中難見陽光之故，這時給月光一映，更增一種飄渺之氣。她雙手各拿着一個圓鼓鼓的黑物，慢慢走到郭靖身前，低聲道：「恩人可是要去瞧那神鳥麼？」郭靖道：「你千萬別再叫我恩人啦。」南琴臉上現出羞色，輕輕叫了聲：「郭大哥。」郭靖將手中弓箭一揚道：「我去射死那鳥，好讓你爺爺再捉毒蛇。」南琴忙道：「悄聲！」一面將手中黑物舉了起來，道：「罩在頭上，以防不測。」語聲顫動，顯得極是不安。郭靖一看，見是一隻鐵鑊，甚是不解。

秦南琴將左手中鐵鑊罩在自己頭頂，低聲道：「那神鳥來去如風，善啄人目，厲害得緊。牠

1110

娛樂出版社舊版（一版）《射鵰英雄傳》秦南琴故事的原文。

烈，血鳥却毫不在意，將箭桿放在地下，啣些枯枝敗葉，添在火上。郭靖愈看愈奇，連叫：「可惜！可惜！」

南琴問道：「可惜什麼？」郭靖道：「這樣好玩的事，蓉兒竟沒看到。」南琴道：「蓉兒？」郭靖道：「是啊，蓉兒！」南琴欲待再問，忽然聽見身後似乎有個女子輕輕嘆息了一聲，回頭一望，却不見什麼，不由得毛骨悚然，心想：「難道有鬼？」緊緊握住郭靖手臂，上半身倚偎在他懷中，低聲道：「郭大哥，誰嘆氣啊？」郭靖全神注視血鳥，既沒聽見嘆息之聲，也沒聽見南琴的問話，一個溫香軟玉般的身子靠在他的胸前，微微發顫，他竟茫然不覺，只瞧着那血鳥在火燄中翻滾。

那鳥滾了一會，火光漸弱，牠又去啣些枝葉添在火裏，待火旺了，再展翅在火上燒炙，羽翼非但絲毫無損，經火一炙，更是煜煜生光。牠一邊燒，一邊用長啄在羽毛之中磨擦，竟如洗澡一般。牠羽翼過火不燃，已自奇怪，而越燒香氣越濃，羣蛇聞到這股香氣，漸漸低受不住，又亂蹦亂跳起來，再過一會，突然互相咬嚙吞噬，有的蛇兒似乎痛苦難當，竟然自咬腰尾。這千萬條毒蛇着魔中邪，翻騰盤打，聲勢實是驚人，南琴瞧得頭暈眼花，險險跌下樹去，急忙閉上眼睛，摟住郭靖身子。

衆蛇奴見情勢不妙，相互打個招呼，一齊逃出林去。那血鳥認定這些白衣人是牠仇敵，如流星般掠過林隙，追上前去。衆蛇奴知道厲害，忙用雙手掩目。血鳥一飛近，長嘴猛啄手背，蛇奴

1116

娛樂出版社舊版（一版）《射鵰英雄傳》血鳥故事的原文。

消息，就在此冊之中。』」

郭靖與黃蓉對望了一眼，心道：「怎麽裘千里的冊子和武穆遺書又有關連了？」南琴接着道：「他有氣沒力的道：『你對趙王爺說，我親口允你，立你爲妃，你……你這一生就富貴榮華，享用不盡了。』我點點頭不語。他淒然笑道：『你怎麽不謝我？』我仍是不語。我是要等他身上蛇毒再發作厲害些，手足絲毫動彈不得，再把那本冊子在他面前一張張的撕得粉碎，叫他臨死之時，不但身上痛苦，心中也不得平安。」穆念慈厲聲道：「你……你爲什麽這樣惡毒！他就算對你不起，也是爲了愛惜你這副容貌。」黃蓉却低聲道：『唉，可惜，可惜！』

南琴冷冷的道：「可惜？這樣的惡賊死了有什麽可惜？」黃蓉道：「我又不是可惜人，是可惜那本冊子。」南琴不再接口，自管說她的經歷：「那惡賊折騰了半夜，挨到天明，只叫：『水，水！』我倒了一碗水，放在他床前桌上，說道：『這裏有水。』他伸手想拿，我把水碗拿遠一些，他夠不着了，掙扎着要坐起來，身子却是不聽使喚。他道：『求求你，拿……拿給我。』我道：『你自己拿。』他使盡全身之力，一把抓住水碗，臉上露出歡喜的神色，那知道手臂僵硬，再也彎不過來，一用勁，乒乓一聲，水碗在地下跌得粉碎。

1379

娛樂出版社舊版（一版）《射鵰英雄傳》楊康允諾立秦南琴為妃的原文。

身子，讓月光照在自己臉上，又問：「你認得我麽？」楊康呆呆的瞪着她，隔了半晌，終於點了點頭。穆念慈很是歡喜，低聲道：「活在這世界上苦得很，你受夠了苦，我也受夠啦。咱們走啦，好不好？」楊康又點了點頭，忽然大叫一聲。穆念慈坐在地下，將他身子緊緊抱在懷裏。

黃蓉見了這副情景，不禁暗暗嘆息，只見穆念慈的頭漸漸垂下，擱在楊康肩上，兩人都不動了。黃蓉一驚，叫道：「穆姊姊，穆姊姊！」穆念慈恍若不聞。黃蓉俯身輕輕扳她的頭，穆念慈隨勢後仰，跌在地下。黃蓉失聲驚呼，只見她胸口插了半截鐵槍，早已氣絕。再看楊康時，他胸口刺了一個大孔，鮮血汩汩而流，亦已斃命。

原來穆念慈不忍楊康多受苦楚，抱着他時，暗暗用楊鐵心遺下的半截鐵槍將他刺死，隨即倒轉槍頭，抵在自己胸口，用力一抱楊康，鐵槍透骨抵心，一痛而逝。

黃蓉伏在她的身上，哀哀慟哭，到後來想起自己身世，哭得更是悲切，歐陽鋒冷冷的道：「死得好啊，有什麽好哭的？鬧了半夜，天也快亮啦，咱們瞧瞧你爹去。」

黃蓉收淚道：「這會兒爹爹已回桃花島了吧，有什麽好瞧的？」

歐陽鋒一怔，冷笑道：「原來小丫頭一番言語，全是騙人。」黃蓉道：「頭上這些話，自然是騙你。我爹爹是何等樣人，豈能讓全眞教的臭道士們困住了？我若不說

1546

娛樂出版社舊版（一版）《射鵰英雄傳》穆念慈以身殉楊康的原文。

地下檢起幾塊石子，正要相助三鳥，突然雄鵰又是一撲而下，向他頭頂啄去。

彭長老舞刀護住頭頂，那血鳥急衝而前，長嘴伸處　已啄瞎了他的左眼。彭長老大叫一聲，抛下鋼刀，衝入了身旁的荆棘叢中。那荆棘生得極密，彭長老性命要緊，那裏顧得全身刺痛，連滾帶爬的鑽進了荆棘深處。這一來三鳥倒也無法再去傷他，血鳥認得黃蓉，飛近相親，雙鵰却未肯干休，在荆棘叢上盤旋不去。

郭靖招呼雙鵰，叫道：「他已壞了一眼，就饒了他吧。」忽聽身後長草叢中，傳出幾聲嬰兒呼叫。郭靖叫聲：「啊！」躍下紅馬，撥開長草，只見一個嬰兒坐在地下，兩隻小手牢牢握住一條毒蛇，那蛇翻騰掙扎，却脫不出嬰兒的手掌。

郭靖吃了一驚，又見嬰兒身旁露出一雙女子的脚，忙再撥開青草，只見一個青衣女子暈倒在地，正是南琴。郭靖怕那毒蛇咬傷嬰兒，伸手想去拉蛇，那嬰兒雙手一揮，已將毒蛇抛在地下，但見那蛇抖了幾抖，竟自不動，原來已被嬰兒揑死。郭靖見這嬰兒似未滿兩歲，竟然具此異禀，心中又驚又喜，俯身扶起南琴，在她鼻下人中上輕輕一揑。

南琴悠悠醒來，睜眼見到郭靖，疑在夢中，顫聲道：「你……你是郭……」郭靖道：「我正是郭靖。秦姑娘，你沒受傷嗎？」南琴掙扎着要起身，但未及站直，又已

·1731·

娛樂出版社舊版（一版）《射鵰英雄傳》小嬰兒楊過抓蛇的原文。

目錄

迷人又好玩的金庸版本學（總序一）

打從中學時開始閱讀金庸小說，我就聽聞金庸小說還有修訂前的「舊版」，也非常渴望親睹「舊版」的廬山真面目，卻始終無緣得見。

就在二〇〇一年時，有位武俠小說藏書名家慨讓給我《射鵰》、《神鵰》、《倚天》與《天龍》等幾部一版金庸小說，從此激發出我蒐羅一版金庸小說的決心。在那一年中，只要有時間，我就走訪台灣的舊書肆與租書店，或是逛網路拍賣，慢慢地收集了近乎一整套的一版金庸小說。

二〇〇二年間，我在台灣金庸茶館發表了「台灣金庸小說版本考」一文，完整呈現台灣各式各樣一版金庸小說的版式與封面圖案，這也是我的第一篇金庸版本研究文章。

不過，比起版式與封面圖案，我更希望與金庸讀者們分享的，是不同版本的金庸小說，究竟有哪些差異，於是，在二〇〇六年遠流出版社出齊新三版金庸小說後，我一口氣將三種版本金庸小說讀完，並於二〇〇七年發表了「大俠的新袍舊衫——試論金庸小說的改版技巧」一文，粗略討論金庸小說三種版本的差異，此文獲得了金迷們的廣大迴響。

發表「大俠的新袍舊衫」一文後，我仍感覺意猶未盡，因為金庸改版的精彩之處實在太多，這篇文章實在無法包羅所有改版的妙趣，於是，從二〇〇七年八月起，我在遠流出版社官網「遠流博識網」架設了「金庸版本的奇妙世界」部落格。在這個部落格中，我以逐回逐字比對的方式，與金迷朋友們分享金庸小說的版本差異，並分析金庸的改版技巧。

這個部落格從二〇〇七年八月開張，直到二〇一〇年八月，我陸續完成了《射鵰》、《神鵰》、《倚天》、《天龍》、《笑傲》與《鹿鼎》六部金庸長篇小說的版本回較，部落格格友們始終熱情支持。二〇一〇年八月完成《鹿鼎》版本比較後，我就鮮少貼文，但一直到多年後的今天，這個部落格每天仍都有數百點閱率，可知喜好金庸版本學的同好著實不少。

二〇一三年在潘國森老師鼓勵下，我將「金庸版本的奇妙世界」的《射鵰》、《神鵰》版本回較文章整理後付梓，出版了《彩筆金庸改射鵰》、《金庸妙手改神鵰》兩書。出版後讀者的反應極好，但而後因瑣事繁忙，另幾部金庸小說的版本回較並未出版。

一眨眼過了四年，在二〇一七年時，潘老師向我提起出齊六部小說版本回較的計劃。幾經思慮後，我決定將部落格文章再一次細心整理修改，成為好看的金庸版本專著，於是，經過一段時日的重新整編、校定、改寫之後，《射鵰》、《神鵰》、《倚天》、《天龍》、《笑傲》與《鹿鼎》六部金庸長篇小說版本回較的「書本版」陸續完成，並將逐部出版。

我相信這套書一定會是好看又好讀的「金庸版本學」著作，也相信經過我的穿針引線，讀者們都將全面認識不同版本的金庸小說，也能品味金庸改版時所用的技巧，並體會金庸修訂著作時的用心。

於我而言，閱讀金庸小說真的是很快樂的事，然而，比之閱讀金庸小說，更深的快樂是投入金庸版本的比較，因此，即使這些版本回較文章已經完成，我依然喜歡一再品味同一段故事，不同版本的不同說法。徜徉在版本變革的妙趣中，常常讓我對金庸的巧思會心一笑。

經由改版修改作品的作家很多，但像金庸這樣，大刀闊斧修訂自己成名數十年經典名著的作家則是絕無僅有。我相信「金庸版本學」一定會成為金庸研究中的一門有趣學問，這門學問不只不枯燥，還迷人又好玩。

經由這套書的出版，希望吸引更多朋友們都來閱讀不同版本的金庸小說，大家一起來「玩」金庸版本學，發現更多金庸改版時的巧思！

王怡仁

二零一八年五月

喜見金庸學考證派發揚光大（總序二）

金庸小說毫無疑問是二十世紀最偉大的中文小說，金庸也毫無疑問是二十世紀最偉大的中國文學作家，這裡沒有所謂「之一」而是「唯一」、「獨一」。而且二十世紀已經完滿落幕近二十年，這兩個「最偉大」可以作為定論。

金庸武俠小說自上世紀五十年代在香港面世不久已經甚受讀者重視，最早較具規模的論述始自八十年代初的「金學研究」。在此之前，倒不是未出現過有份量的評論文字，但是以數萬字長文刊行的單行本，則始由曾為金庸代筆的作家倪匡開先河。

後來因為金庸本人謙光，認為「金學研究」的提法不好，於是大家就改稱為「金庸小說研究」。這個叫法還是不夠全面，此所以我們決定用涵蓋面更廣的「金庸學研究」，為在二十一世紀重新推廣研究金庸其人及其小說這樣的學術活動給一個新的定義。

文學研究可以分為內部研究和外部研究。

內部研究以作品本身為主，作者本人為輕。在於金庸學當然以武俠小說為主，至於研究金庸寫武俠小說時的同期作品，如政論、劇本、雜文等都可以作為點綴。

外部研究則可以旁及作者的生平，他所處時空的歷史背景和社會面貌，以及他交遊的人物等等。雖然與作品本身未必有實質的因果關係，但是也不失為全面了解金庸武俠小說的助談資料。

金庸兩番增刪潤飾全套武俠小說作品的原意，其實可以概括為貪新厭舊四字。早在七十年代重刊修訂二版之前，金庸就靜悄悄地在香港市面上搜購所有流通在外的初版單行本，然後拿去銷毀。可是事與願違，金庸無法回收香港所有舊版，而海外讀者見到二版的改動之後，更把手上的舊版視如珍寶。

到了二十一世紀新三版面世時，金庸曾經公開聲稱原來風行多時的二版全面作廢！但是許多老讀者對新三版頗有微詞，後來金庸見群情洶湧，便改口說讓二版、三版並行，隨讀者喜好自便。不過，可以預期三版出而後二版不重印，在金庸的心目中，還是以三版為優。按照現時的情況，我們可以肯定不會再有第四版的金庸小說問世了。

著名學者、教育家吳宏一教授總結過去數十年讀者對金庸小說的討論，將眾多研究者粗略分為「點評派」、「詳析派」和「考證派」三大流派。[1]並分別以倪匡、陳墨和潘國森等人，作

[1] 「隨着金庸小說研討會在港台、美國以及中國南北各地的陸續召開，讀者的熱情仍然不減，討論的風氣似乎更盛。從早期倪匡的點評，中期陳墨的詳析，到最近潘國森等人的考證，在在顯示出金庸小說的魅力。金庸的武俠小說，真的如世所稱，已成一種中國文化的特殊現象。」見吳宏一，〈金庸印象記〉，《明月》（《明報月刊》附刊），二零一五年一月號，頁42-47。

為三派的代表人物。

從字面理解，點評派的特色是見點而隨緣說法。代表人物倪匡打從金庸小說初刊就亦步亦趨，據說他是金庸四大好友之一，並且曾經代筆《天龍八部》連載數萬字。因為倪匡非常接近金庸本人，所以同時是金庸學外部研究的一部活字典。

詳析派則是將一部小說從頭到尾細加分析討論，代表人物陳墨也是截止今天，刊行金庸小說評論專注最多的論者。

至於考證派，可以說是比較貼近傳統中國文哲研究的舊規矩、老辦法。研究《紅樓夢》的紅學，當中亦有考證一派。因為金庸不願意與紅學爭勝，所以我們今天也沒有金學而只有金庸學。

我們金庸學考證派，較多用上中國文史哲研究的利器——「普查法」。潘國森在上世紀八十年代就是先從查找《金庸作品集》（二版）所有個人能夠看得見的錯誤入手，不過那是一個小讀者希望心愛的小說免除所有可以避免的小瑕疵，而不是打算要拿小說的疏漏去江湖上四處炫耀。

吳教授說「潘國森等人的考證」，這「等人」二字落得真是精確。我們或可以說倪匡的點評派和陳墨的詳析派都要後繼無人。

金庸學考證派，至少還有專注金庸版本學研究的王怡仁大夫和開展金庸商管學（Jingyong

Business Administration, JBA）的歐懷琳等人在二十一世紀之後加入研究的行列。

王大夫既屬考證派，亦帶有詳析派的研究心法。他既用普查法同時地氈式的搜索遍了三版小說；也有跨部排比，即是將不止一部小說串連在一起評論。現在王大夫只願意整理修訂金庸武俠六大部超過百萬字的回較，即《射鵰英雄傳》（約九萬字）、《神鵰俠侶》（約十七萬字）、《倚天屠龍記》（約二十萬字）、《天龍八部》（約三十三萬字）、《笑傲江湖》（約二十二萬字）和《鹿鼎記》（約四萬餘字）。餘下八部中短篇（《書劍恩仇錄》、《碧血劍》、《雪山飛狐》、《飛狐外傳》、《鴛鴦刀》、《白馬嘯西風》和《俠客行》）和不重要的《越女劍》的回較就不打算再最後定稿和發表了。這樣就為考證派的後來者，留下了可持續發展的空間。其實金庸小說其他領域需要好好考證的地方還多著呢！

這鉅細無遺的六大部三版回較，等同於其他學術領域入面最扎實的基礎研究，為金庸學更細緻的進階考證準備好最詳盡的三版演變紀錄。筆者認為是今後所有立志於金庸學研究的後來者必備的參考工具書，那怕是學院入面嚴肅的博士論文、碩士論文，還是一般讀者輕輕鬆鬆的看書消閒，都宜以小說原著與王怡仁回較並讀。

願金庸學考證派從此發揚光大！
是為序。

潘國森
序於香港心一堂
二零一八年戊戌歲仲夏

世紀初旬金學大獎（代序）

金庸小說在中國文學史上，毫無疑問可以穩佔一席位。介紹二十世紀中國文學史的教科書，在討論小說的章節時也不能叫金庸武俠小說缺席。金庸在二十世紀中文小說的成就，可以跟李白、杜甫在有唐一代詩壇的地位比擬。前人或揚李抑杜、或右杜左李，誰是第一還可以辯論，但沒有人敢說李白、杜甫不是第一流，若以賽馬賭博比方，李杜一注「連贏位」必勝無疑。

金庸小說當然不可能十全十美，但是毫無疑問是中國傳統章回小說的一大結穴。其廁身於二十世紀小說叢中，是否第一名還可以辯論，卻肯定是第一流水平的作品。

文學批評家陳世驤先生推許金庸為「今世猶只見此一人」，那是以含蓄雅馴的措詞將競賽第一名的金牌頒給金庸。

上世紀九十年代中葉，我發表第二部評論金庸小說的專著時，就指出陳先生研究金庸小說可得天下第一，又半開玩笑的自稱天下第二。那時我想，如果有誰自稱「金學研究天下無敵」，我便可以搭訕說：「且不忙找已故的陳先生挑戰，先過了潘國森的一關再說。」

後來為免那些沉迷在邏輯詭辯的人纏夾不清，便補充為「金庸小說研究二十世紀天下第二」，設了時間就不怕誰來囉嗦了。「金庸小說研究」的排名無法憑決鬥定高下，讀者可以不同意，更可以自定名單和排名。

學術研究應該越演越精，後人的見解不一定勝過前人，但是研究方法經常是後來居上。踏入二十一世紀之後，金庸推出他小說集的新修第三版，雖然處理了二版的部份漏洞，亦製造了許多新問題。於是我也就沒有從金庸小說研究全退下來，偶然也要月旦一二。既然如此，為了加強潘國森在「金庸小說研究」領域的地位，倒不如改行品評其他論者的成績。

二十世紀已過，二十一世紀又沒有這麼長命可以看完，只能見一步、行一步。就以一旬年（即英語的decade）為限，二〇〇一至二〇一〇年是廿一世紀的第一旬，就如此斷代吧。這個獎可以名為「廿一世紀金庸小說研究初旬大獎」，以後就次旬、三旬，至於九旬、末旬即可。暫設金、銀、銅大獎及優異獎，一不限名額，二不設獎品。即如先前點二十世紀的一、二名，都是我一個人說了算。諸君如不贊同，就當此舉如《天龍八部》散場時，慕容復封官賜賞那樣便是。說說而已，不喜歡的話，不必當真。

金獎頒予「王二指」王怡仁醫師的《金庸版本的奇妙世界》（http://blog.ylib.com/butterfly）。王大夫用工餘時間，比較三版金庸小說，寫成網誌。此番研究初二三版的演變已暫告一段落，剛涵蓋金庸的六大部，即《射鵰三部曲》、《天龍八部》、《笑傲江湖》和《鹿鼎記》。用上當代文獻研究的標準方法，即逐字對比的「普查法」。為後來的研究者鋪下康莊大道，亦平息了許多因為沒有看過舊版而產生的無謂紛爭。銀銅獎則以「無其人則缺」的原則暫且懸空，優異獎是陳志明《金庸筆下的文史典故》及其續篇。這個無獎品的「潘須大獎」完全是開放式，可以隨時修正補充。

在「金庸學」（金庸本人比較傾向平實一點說「金庸小說研究」）的領域裡面，陳世驤先生屬於「第一版」，因為他在七十年代逝世時，《鹿鼎記》在報上的連載還未刊完。潘國森屬於「第二版」，「第一版」沒有機會全讀一遍，第三版卻沒有興趣全讀一遍。許多小讀者則屬於「第三版」而從未見過一、二版。王大夫卻橫跨三版，獨領風騷。看來這個「廿一世紀初旬金獎」似乎還未夠表彰他的研究成果，不過為免讓王大夫惹上不必要的麻煩，就暫時屈就一下，倒不是潘國森吝嗇。

希望王大夫現階段的全部研究早日與讀者見面，屆時大家可以討論應該頒個甚麼獎給他。是為序。

潘國森

二〇一二年十月於香港

左眼舊《射鵰》，右眼新《射鵰》

二〇〇三年新三版《射鵰》在一陣沸沸揚揚的議論聲中上市，身為金庸忠實讀者的我，甫聞新三版《射鵰》上市，立即到書店買回一套，並迫不及待地直接翻到第十回，看報章雜誌正熱烈討論的話題「黃藥師愛上梅超風」。

看過黃藥師與梅超風的增寫曖昧之情後，我才回頭從新三版的第一回細細讀起。讓我驚訝的是，原來整部《射鵰》的改寫，可不只改了「黃藥師愛上梅超風」這一節，金庸細膩的改版思維竟及於每一回的字裡行間。

「黃藥師愛上梅超風」是報章炒熱的話題，此處改版早已人盡皆知，至於新三版《射鵰》的其他改寫之處，我希望由自己來發現。然而，若想細究金庸的改版之處，除非已經熟稔整部《射鵰》到近乎能背誦，否則，單看任一種版本，都會感覺一氣呵成，根本找不到改版的斧鑿痕跡。

因此之故，我決定把兩種版本的金庸對照著讀，也就是左手拿二版《射鵰》，右手拿新三版《射鵰》，逐段或甚至逐句比較，尋覓金庸改版的妙趣所在。

根據家人朋友的看法，那一段時間我是「左眼舊《射鵰》，右眼新《射鵰》，雙眼看雙書。」

而只要發現金庸神來一筆的改寫，我必大呼過癮。

比較過兩種版本後，意猶未盡的我，想起家藏有一套台灣最早的舊版金庸，其中亦包括吉明版的一版《射鵰》，於是我乾脆三種版本一起讀。這下子我雖然不像二郎神楊戩有三隻眼睛，卻真的同時閱讀三部《射鵰》。

就從《射鵰》開始，隨著金庸改版後的新三版作品陸續出版，我也逐一如此閱讀每一部書的三種版本。

金庸的改版大業在二〇〇六年終於隨新三版《鹿鼎記》的出版而告一段落，然而，此時的「金庸版本學」才正方興未艾。而在金庸順利將二版改寫為新三版後，讀者們不只想知道金庸「這次」改了些什麼，還連帶著想知道，金庸「上一次」又改了些什麼，也就是一版到二版之間，經過了什麼樣的變革。

於是，趕搭這股討論金庸版本的熱潮，我在二〇〇七年推出了「金庸版本的奇妙世界」這個專門探討金庸小說三種版本差異的部落格，希望有興趣的讀者們都能由此一窺金庸改版的堂奧。

在計劃這個部落格時，原本我只打算介紹金庸三種版本的差異，但後來遠流金庸茶館的鄭祥琳小姐看過草稿，並告訴我說，若是文章裡沒有自己的見解，那就只是「整理」，「整理」的文章往往看不出作者獨特的想法。

接受鄭小姐的建議後，我決定在每篇文章中都加入一篇獨屬於我個人觀點的「王二指閒話」。

然後，我就從《射鵰》、《神鵰》、《倚天》、《天龍》、《笑傲》到《鹿鼎》，一路發揮一次讀三本書，逐回做比較的精神，整理出一篇又一篇的版本回較文章。

這本書裡的《射鵰》回較，就是這個部落格最早期作品的結集。當然，將部落格文章修改為書本的定稿時，每篇作品我都做了再一次的精雕細琢。

在編寫這系列文章的過程裡，常會有讀者問「究竟哪個版本最好看？」

我個人的感想是：一版素樸，二版洗練，三版圓融，各有各的妙趣，三種版本我都同樣喜歡。照我個人的看法，我認為不同的版本只有文字結構與情節內容的差異，卻沒有文學層次的差別。

而不論你曾經閱讀過的是哪一種版本，現在，我們都邀請你一起打開這本書，讓我們一起遨翔進這金庸版本的奇妙世界，品味金庸改版的妙趣。

凡例

一、關於金庸小說的版本定義

一版：最初的報紙連載及結集的版本。

香港：三育版及鄺拾記版等授權版本，以及光榮版、宇光版等多種未授權版本。

台灣：時時版、吉明版、南琪版等多種版本，均為未授權版本。

二版：一九八〇年代十年修訂成書的版本。

中國：三聯版

香港：明河版

臺灣：遠景白皮版，遠流黃皮版、遠流花皮版

新三版：即一九九九至二〇〇六年的七年跨世紀新修版本。

中國：廣州花城版

香港：明河版

臺灣：遠流新修金皮版

二、一版，讀者通稱「舊版」。二版，讀者通稱「新版」。新三版，讀者通稱「新修版」。

三、本系列的回目，是以二版的劃分法為準，一版內容以對應二版分回作比較，一版回目則從略。

「當今第一位大俠」，誰人堪當？——第一回〈風雪驚變〉版本回較

仔細看《射鵰英雄傳》的改版過程，我們可以合理推斷，金庸當初在構思《射鵰》時，即使已經下筆連載，東邪、西毒等「天下五絕」仍未在他腦中成形。

為什麼可以這樣推論？因為在一版《射鵰》中，郭嘯天、楊鐵心二人眼中的丘處機是「武功蓋世的當今第一位大俠」，更形容他的武功是「拳劍武功，海內無雙」，據此可以推測，金庸或許在原始構想中，是要把丘處機塑造成全書武功最強的大俠，並成為郭靖、楊康的授業師父。

丘處機即是「當今第一位大俠」，因此一版《射鵰》熱鬧開場時，別說東邪、西毒、南帝、北丐沒成形，連丘處機的師父王重陽也還沒見到影子。

然而，隨著故事推進，「天下五絕」從金庸的靈感中蹦出，也陸續粉墨登場，更成了《射鵰》中的招牌角色，這麼重要的角色，自當在第一回破題時就要隱埋伏筆，因此在二版改版時，金庸安排曲靈風於第一回就光榮上場。

在二版第一回中的故事中說，曲靈風連斃追殺他的朝廷武官，奪得皇宮中的金器、銀器、名畫，並且準備進獻給他「無一不會，無一不精」的師父，也就是黃藥師。

既然有了「五絕」，二版中的「當今第一位大俠」當然輪不到丘處機。經過二版曲靈風的描述，新的「當今第一位大俠」黃藥師呼之欲出，因此二版中，郭、楊兩人見到丘處機時，對丘處機的評論也退為「這位道長的武功果然是高得很了，但若與那跛子曲三相比，卻不知是誰高誰下？」也就是說，在郭楊的眼裡，黃藥師的弟子曲靈風武功或許還勝丘處機一籌。

二版讓曲靈風提前到第一回現身，算是對黃藥師補寫了伏筆，而「補寫伏筆」即是金庸改版的重點之一。然而，密中有疏，二版為了伏筆黃藥師，讓曲靈風在第一回現身，卻漏寫了曲家傻姑。既然曲靈風在牛家村，怎能沒有他的女兒傻姑呢？

改寫新三版時，金庸也發現了這個疏漏。於是新三版修改時，金庸大筆一修，讓傻姑在第一回就伴隨曲靈風登場。

跟著曲靈風在牛家村開小酒店的傻姑，是把公雞當老虎追的天真傻女孩。曲靈風出門時，包惜弱還會將傻姑帶回娘家託她母親照看。幾段小故事，交代了傻姑的童年，也算是替傻姑補上了伏筆。

黃藥師、曲靈風、傻姑提前登場，本來是「當今第一位大俠」的丘處機也就退居不知排名第幾的俠客了。但金庸對筆下的人物畢竟用心，武功雖然褪色，丘處機的談吐卻變得文雅，一、二版的丘處機在介紹武功時，自謙說他的武功是：「幾手三腳貓的武藝。」郭嘯天回他：「道長這般驚人的武功若是三腳貓，我兄弟倆只好說是獨腳老鼠了。」這樣的對談偏於草莽。新三版則改為丘處機自謙他的武功是「這幾手不成章法的手藝」，郭嘯天的回應也相對變成「道長這般驚人武功倘若仍算不成章法，我兄弟倆只好說是小孩兒舞竹棒了！」

丘處機的武功雖隨著改版貶低，但談吐的氣質卻又隨著新三版而提昇了。

那可不是我說的！——第一回〈風雪驚變〉版本回較

翻開一版跟二版《射鵰》，兩書的起頭完全不同，一版第一回先引詩「山外青山樓外樓，西湖歌舞幾時休？南風薰得遊人醉，直把杭州作汴州。」然後，書中將歷史背景娓娓道來，從徽欽二帝被擄北走，到宋金議和，還加上了考語：「皇帝做到這樣，也真是可恥之至了。」整段內容明顯表達了金庸的史觀。

再打開二版《射鵰》，破題風光與一版完全兩樣，最明顯的不同是，「作者解說」不見了，改由張十五說書來開場。張十五從「葉三姐節烈記」說起，談到徽宗想長生不老，要當神仙，又說欽宗用騙子郭京請天將守城的荒唐事蹟。最後張十五下了個結論：「這兩個昏君自作自受，那也罷了，可害苦了我中國千千萬萬百姓。」張十五說罷，曲靈風也湊一腳，從秦檜罵到宋高宗，張十五最後再下考語：「高宗皇帝，原本無恥得很。」

關於張十五說書這點大修改，金庸的解釋是：「我國傳統小說發源於說書，以說書為引子，以示不忘本源之意。」但理由當真如作者自道般簡單嗎？說來二版改寫的這段「張十五說書」，是金庸的「一石二鳥」妙計，表面上如作者所說，是因為小說不忘說書本源，然而，更深層的理由是，成熟的小說作者本不當把作品當論文，在小說中大談自己的觀念，即便作者想表達自己的看法，那也得透過小說人物之口來說，以免讓讀者覺得作者陰魂不散地操控著小說的格局。

大宋皇帝昏庸，這是誰說的？一版是金庸說的，二版改寫後，就變成是張十五說的。然而，經過這麼一改寫，即使有讀者不同意大宋皇帝昏庸，金庸也可以告訴讀者「那是張十五說的，可不是我說的。」「張十五言論不代表作者的立場！」，妙哉！

第一回還有一些修改：

一．關於「楊家槍」，楊再興刺傷岳飛弟弟岳翻的一招，一版叫「摧壁破堅」，二版改叫「回馬槍」。楊鐵心挑宋兵的兩招，一版叫「烏龍擺尾」與「春雷震怒」，二版改為「白虹經天」與「春雷震怒」。

二．是誰下令抓拿郭嘯天與楊鐵心呢？一版、二版都說是奉韓侂胄丞相手諭，然而，追捕兩個鄉野村夫，動用「韓丞相」未免也太小題大作了，新三版改為是奉臨安府府尹大人手諭。

三．二版說官兵追殺郭楊二人，楊鐵心準備帶包惜弱逃離，包惜弱還擔心她的小雞小貓，楊鐵心安慰她：「官兵又怎會跟你的小雞小貓兒為難？」新三版增寫包惜弱回楊鐵心：「他們要吃雞。」這是要深化包惜弱的優柔個性。

四．身負「水滸傳承」的山東好漢郭嘯天有無口語上的特徵呢？二版郭嘯天向張十五自我介紹說：「我姓郭，名叫郭嘯天。」新三版改為：「俺姓郭，名叫郭嘯天。」一字之易，即有了山東人的味道。

柯鎮惡扛豹逛大街——第二回〈江南七怪〉版本回較

因為完顏洪烈想要追求包惜弱，牛家村無端惹來一場血雨腥風，郭嘯天因此命喪當場，楊鐵心也身負重傷。完顏洪烈最後終於騙得包惜弱回他趙王府當王妃，但隨他到牛家村做惡的段天德卻須押解郭嘯天的妻子李萍逃亡，並一路躲避丘處機的追緝。

為了藏匿李萍，段天德躲到他伯父枯木大師的雲棲寺中。丘處機向枯木大師索人，枯木大師卻叫段天德另投焦木大師，焦木大師又向江南七怪求助，不料竟因此導致丘處機與江南七怪在醉仙樓的一場較勁。郭靖的師父江南七怪也就以他們各具特色的形相隆重登場。

江南七怪在醉仙樓亮相時，完顏洪烈剛巧也在場。透過完顏洪烈的眼光看江南七怪，朱聰以下六怪在各版中並無特別差異，唯獨飛天蝙蝠柯鎮惡在二版比一版少了一段描述，二版只說柯鎮惡「四十來歲年紀（新三版改成三十來歲），尖嘴削顋，臉色灰撲撲的，頗有兇惡之態。」一版柯鎮惡則不只自己到醉仙樓，還揹著獵來的猛獸，完顏洪烈看到的是：「他右肩扛著一柄獵叉，叉尾卻懸著一隻金錢豹。」完顏洪烈還因此大讚：「從未聽說過又瞎又跛的人能打獵，而且竟然打了這樣厲害的一頭金錢大豹。」進入醉仙樓後，柯鎮惡亦請完顏洪烈分食了兩斤豹肉。

一版柯鎮惡確實先聲奪人，但這段「柯鎮惡扛豹逛大街」的故事，二版將它悉數刪除了。

【王二指閒話】

臨安到底產不產金錢豹？柯鎮惡扛豹又究竟合不合理呢？其實，金錢豹的來源並不是小說的難題，像蒙古的都史就養了幾隻，只要編造一下，說蒙古人在嘉興誤走了金錢豹，剛好被柯鎮惡獵中，也就合情合理了。

至於刪掉柯鎮惡扛豹的原因，得由「扛豹」談起。

「扛豹」究竟有什麼目的呢？說起來也不過是「先聲奪人」四字而已，那就像某些人喜歡亮出他的頭銜或學歷一樣，彷彿有了「博士」或「總經理」光環，就足以威攝當場，嚇倒眾人。

然而，以柯鎮惡那副桀驁不馴的脾氣，會想要用一頭金錢豹來烘托自己，讓自己看來更威武豪邁嗎？反過來說，丘處機又會因為柯鎮惡扛一頭豹，就以為他武藝驚人，被他嚇得腳軟嗎？

如果都不會，這隻金錢豹既有傷柯鎮惡的傲氣，又無法震懾丘處機，那就還是刪了妥當。

第二回還有一些修改：

一．一版完顏洪烈曾自訴心願：「將來領兵渡江，求父皇改封為吳王，長鎮江南，此願足矣。」但在爾後的篇章中，完顏洪烈又變成志在天下，這個「當年小願」因為不夠氣派，二版因此刪去了。

二．二版中前來向完顏洪烈認罪的「嘉興府蓋運聰、秀水縣姜文」，新三版改為「嘉興府蓋運聰、嘉興縣姜文通」。此處改寫或許是因為「姜文」與中國知名演員「姜文」撞了名。

「聰明伶俐」的郭靖——第三回〈黃沙莽莽〉版本回較

金庸在小說全集總序中，曾經強調，他的小說創作要做到「不要重複已經寫過的人物」，然而，若是林林總總的人物都要求做到盡量不重複，可以想見金庸在設計書中的男女主角時，定然都下過苦心。

但有沒有可能某些主角在金庸剛下筆時想像的性格是一個樣，隨著故事衍進，又換成另外一個樣，開展了與原本設計完全不同的性格呢？

在《射鵰》的郭靖身上，就可以看到前後不一的主角性格設定。

關於童年郭靖的性格設定，二版此回的形容是「學話甚慢、獃頭獃腦、筋骨強壯。」新三版維持了二版「學話甚慢、獃頭獃腦」的說法，另將二版描述郭靖體格的「筋骨強壯」一詞增寫成「身子粗壯、筋骨強健。」

然而，讀者們能相信嗎？在一版此回，金庸形容童年郭靖的用語竟然是「筋骨強壯、聰明伶俐」。

金庸筆下的人物，尤其是主角，必有其獨特的性格，一版郭靖由「聰明伶俐」被改為二版的

「憨頭憨腦」，而為了讓人物個性更鮮明，在二版後續的篇章中，若有一版述及郭靖聰明之處，一律改成「憨頭憨腦」的描述，讓郭靖的「憨頭憨腦」全書一以貫之。

【王二指閒話】

郭靖到底是聰明還是笨呢？郭靖能不能小時候「聰明伶俐」，長大卻「憨頭憨腦」呢？從心理學來說，理當是可以的。

磨合出來的關係，不論是親子、師徒或夫妻，必然像太極的黑白兩極，黑邊突一點，白邊就凹一點，反之亦然，因此，父母越聰明，越習慣為子女安排一切，兒女往往就越糊塗，不懂打理生活，反之，父母越不善於治理生活，兒女經常就越早熟，甚至還可以反過來照顧父母。師徒或夫妻關係也是如此，習慣打理家事的妻子，總是配上彷似生活白癡的丈夫，嚴厲的師父則往往會教出優柔寡斷的徒弟，雖然彼此可能都會抱怨對方，但相處起來，卻又是最契合的。

因此，即使郭靖小時候「聰明伶俐」，在受教於「七個脾氣不太好的師父」以及交往過「極度聰明的女朋友」後，他越來越不需要判斷，思考力也就逐日退化了。師父的脾氣不好，學習中不要有太多自己的意見，只要照著他們傳授的秘訣練功就是，而女友太過聰明，交往時也不必說出太多想法，女友自然會幫自己安排生活細節。

受教於脾氣暴躁的師父，又交往絕頂慧黠的女友，郭靖如果還跟楊康一樣聰明，七位師父授課時儘挑自己喜歡的學，或對師父的武功有任何質疑，甚或隨意發問頂嘴，他可能會痛挨七怪一頓教鞭。此外，倘使與黃蓉交往時，郭靖也跟楊康一般聰慧，那麼，妳堅持往東我執意向西，兩人豈不吵翻了天？

就因為郭靖「笨」，他的師徒關係跟愛戀關係都得到了圓滿。

因此，郭靖的性格跟他小時候的天性並沒有絕對的關聯，是「聰明伶俐」也好，「獃頭獃腦」也罷，長大後，他都「笨定了」。

第三回還有一些修改：

一．完顏洪烈在一版名叫「完顏烈」，一版中說完顏烈是金章宗完顏璟的六兒子，衛王完顏永濟則是完顏璟的第三子，完顏烈因此是完顏永濟的六弟。但考諸金國王室世系，史實中的完顏永濟其實是金世宗完顏雍的兒子，完顏雍是金章宗完顏璟的祖父，因此完顏永濟是完顏璟的叔父。金庸或許也發現了這個錯植，在二版中，完顏烈改叫趙王完顏洪烈，他仍是完顏璟的六兒子，但因為完顏璟的三兒子是榮王完顏洪熙，「完顏烈」因此隨「完顏洪熙」而更名為「完顏洪烈」，這個虛構的完顏洪烈在二版中就此做了身份的確定。二版完顏洪熙、完顏洪烈兩兄弟曾擔任金國使者，一齊出使蒙古、冊封官員。

二．一版段天德為了押解李萍，先投靠完顏烈，但完顏烈卻為避免節外生枝，又將他送交完顏永濟。完顏永濟視段天德為南朝漢奸，意圖帶他到塞外殺個死無對證，途中卻遇胡沙虎軍隊，在與敗兵互相衝撞時，李萍趁亂離開了段天德。然而，完顏烈若真要殺段天德，需要如此大費周章嗎？二版刪去了這段情節，改為段天德與李萍二人因為遇上胡拉漢人為腳夫的金兵，遂一起被押到蒙古去。

三．二版郭靖跟其他孩子玩「擲石遊戲」，新三版改為大漠上更普遍的「摔交遊戲」，也更符合蒙古的風情！

四．這一回的回目二版是「大漠風沙」，新三版改為「黃沙莽莽」。

郭靖與黃蓉談的是「姊弟戀」嗎？——第四回〈黑風雙煞〉版本回較

詳讀《射鵰》一版與二版的讀者，若是細心考究，會發現一個詭異的問題，那就是「黃蓉的年紀比郭靖大了一點」，雖然靖蓉二人「靖哥哥、蓉兒」喚得親膩地很，但照書中的情節推算，倆人若以年齡來看，根本是「蓉姊姊、靖弟弟」。對於靖蓉二人的「姊弟戀」，有些讀者下了這樣的結論：「黃蓉是故意裝小，向郭靖虛報年齡，以維持傳統『男大女小』的配對習慣。」

靖蓉二人的年紀是怎麼推算出來的呢？簡單講是這樣的：當年在桃花島上，黑風雙煞偷走了黃藥師的《九陰真經》，而後逃出桃花島，接著，黃藥師的妻子阿衡為了幫黃藥師再次默寫《九陰真經》，用腦過度導致早產生下了黃蓉，黃蓉就是此時出生的。

一年後，黑風雙煞重回桃花島，想找一些練功秘訣，他倆在島上遇見已經會叫父親，一歲左右的黃蓉。

而後黑風雙煞離開桃花島，並且旋即與柯辟邪、柯鎮惡兄弟展開一場廝殺，更造成柯辟邪、柯鎮惡一死一瞎。

再之後，瞎眼的柯鎮惡受焦木大師所託，率領「江南七怪」六兄妹與丘處機相約比武，此時的郭靖還在李萍肚子裡，根本還沒出生。

相關情節雖陳在《射鵰英雄傳》的各個章節中，但若經拼湊整合，再按時間排序，就可以推論出來，黃蓉比郭靖大，還大了不只一歲。

然而，不只讀者不能接受俏黃蓉是「以大裝小」的「老女孩」，金庸也不希望靖蓉二人是「姊弟戀」，因此，新三版將事件的時序做了更動。

在新三版中，黑風雙煞偷盜《九陰真經》情節與二版大同小異，黃蓉也是在黑風雙煞偷竊《九陰真經》後出生，但郭靖的出生時間則被大幅提早了。

為了讓郭靖的出生的時間提早，新三版針對柯鎮惡的故事做修正，改為江南七怪尋得郭靖的兩年前，柯辟邪才受人邀約，準備擊殺已練成九陰白骨爪的黑風雙煞，而為了替武林除害，柯辟邪也邀約柯鎮惡共襄盛舉，但那時已經瞎眼的柯鎮惡正跟六個結義弟妹在山東、河北忙著找郭靖，無暇分身幫忙柯辟邪，結果柯辟邪被黑風雙煞殺得壯烈成仁。

這段改寫是要說明柯鎮惡的眼瞎並非肇因於黑風雙煞，因此，柯鎮惡在醉仙樓與丘處機比武，當時的他雖雙眼盲目，卻不能當成郭靖、黃蓉年齡的推算依據。

新三版柯鎮惡跟黑風雙煞的「首戰」，並不是二版與柯辟邪合力對戰黑風雙煞那一戰，而是推遲到尋覓得郭靖後，在蒙古荒山上的大戰，他的眼睛當然也不是因為跟黑風雙煞作戰受傷才全盲。

按照新三版的情節推算，柯辟邪跟黑風雙煞大戰時，郭靖已在蒙古誕生，因此郭靖當然早於黃蓉出生。

讀者們只要動動腦筋，掐掐手指算一算，就會發現金庸改版的巧思。只要改變柯鎮惡與黑風雙煞對決，導致眼瞎目盲的情節，二版的事件順序就完全被打破了，蓉兒真的是蓉兒，靖哥哥也真的是靖哥哥，郭靖比黃蓉大，還大了不只一歲。

但是，骨頭又出現了，既然跟黑風雙煞的首戰是在荒山這次，柯鎮惡又怎能只聽柯辟邪的描述，就對黑風雙煞的武功戰術瞭若指掌呢？可是，如果要再這樣推骨牌改下去，不斷構思新翻修來圓舊疏漏，恐怕要改出的不只是新三版《射鵰英雄傳》，而是一部全新的《射鵰英雄新傳》。

【王二指閒話】

讀者們一起來動動腦，玩玩修改情節的遊戲，如果要逆轉郭靖黃蓉「女大男小」的疏漏，《射鵰》一書可以做什麼樣的調整呢？

在這段故事中出現的人物，可以修改變動的有黃藥師妻阿衡、黃蓉、黑風雙煞、柯鎮惡、及李萍數人的相關情節。

若是改動黃蓉，讓她延後出生，這個方法可不可行呢？想來是不行，因為黑風雙煞偷走《九陰真經》後，黃藥師妻阿衡必須再一次默寫《九陰真經》，更因此腦力耗竭而早產下黃蓉，而後溘然長逝，這段若改寫了，會連帶削減阿衡對黃藥師的深情，因此黃蓉不能延後出生。

既然黃蓉不能延後出生，那就只能讓郭靖提早誕生。而若要讓郭靖提早出生，只要將完顏洪烈計搶包惜弱的事件提早，郭靖的出生時間也就隨之往前拉了。

完顏洪烈計奪包惜弱一節，跟黑風雙煞偷《九陰真經》的事件並沒有時間上的必要關聯，這樁事件是因為「柯鎮惡」這個人才串接起來的，也就是說，「柯鎮惡與黑風雙煞交戰導致眼瞎」是「橋樑事件」，它可以左右所有的時序，如果柯鎮惡被黑風雙煞打瞎是在醉仙樓比武之前，郭靖就比黃蓉小，又倘使翻過來，讓「明眼的」柯鎮惡先跟丘處機比武，過兩年才在尋找郭靖的路途中，與黑風雙煞比武，並且受傷瞎眼，那麼，郭靖就比黃蓉大，只是，若真要做這樣的改版修訂，牽涉的環節就太多。

金庸的巧思就在這裡。修改新三版時，金庸直接把「柯鎮惡與黑風雙煞交戰導致眼瞎」這個

「橋樑事件」抽掉，也就是說，柯鎮惡根本沒跟黑風雙煞較量，他的眼瞎也非肇因於黑風雙煞，這麼一來，柯鎮惡被黑風雙煞打瞎雙眼的事件就完全無關於靖蓉年齡的時間排序了。

刪去了「柯鎮惡與黑風雙煞交戰導致眼瞎」的事件，金庸在新三版再將黑風雙煞偷《九陰真經》的事件，安排成時間上晚於柯鎮惡與丘處機的比武，郭靖就順理成章比黃蓉年紀大了。

修訂小說的難度，並不下於原創小說，由新三版的《射鵰》的改寫，就可看出金庸改版的縝密心思！

第四回還有的修改：

銅屍陳玄風逝前，對梅超風說的遺言，二版是「那部經……經（《九陰真經》）……已經給我燒啦，秘要……在我胸……」新三版改為「小師妹（其妻梅超風），我好捨不得你……我……我不能照顧你啦……今後一生你獨個兒孤苦伶仃的……你自己小心……」經過這麼一改，陳玄風逝前最念茲在茲的，就從二版的《九陰真經》，改成新三版的嬌妻梅超風，這也即是金庸新三版改版的「深情原則」！

尹志平愛搞鬼——第五回〈彎弓射鵰〉版本回較

先介紹一則版本的基本觀念：「一版」金庸小說是在報紙上連載的版本。所謂的報紙連載，是在每天副刊小小的一角方塊中，創作數千字的故事。

現代人有個詞語叫「追劇」，也就是追看一部電視劇。在電視及網路尚未發達的年代，人們追的不是電視劇，而是報上的連載小說。為了讓讀者「追報」、「追小說」，報紙連載小說時，最好在每天的小方塊中，都能以精彩的情節吸引讀者，並能創作緊張懸疑的未完結故事，刺激讀者繼續買報紙閱讀

然而，報紙連載時故意營造出讓讀者緊張，吸引讀者「追報」、「追小說」的某些情節，在連載集結成書時，並不見得適合書本的讀者，因此刪之為宜。

這一回的「尹志平搞鬼」故事就是這樣的情節。

這段故事是這樣的：某一天江南六怪正在張阿生墳前教郭靖武功，華箏前來探視，並取笑郭靖挨師父責打。江南六怪覺得華箏身邊好似還有他人，問起華箏，華箏卻一概不知，就在此時，江南六怪驚覺附近的骷髏頭少了一顆，六怪因此擔心梅超風是否已無聲無息掩殺而至。

就在這天夜裡，郭靖聽到帳外有人輕拍三下，出帳一看，驚見一個有五小窟窿的骷髏頭，嚇得郭靖涼氣倒抽。

莫非梅超風當真殺來了？弔足讀者胃口後，答案揭曉，原來是全真教弟子尹志平奉丘處機師命北上蒙古傳訊，來到蒙古後，他看到一堆骷髏頭，就順手拿了一個丟在郭靖家門口。

這一搞鬼把江南六怪全都激怒了，面對六怪的指責，尹志平無辜地說：「弟子是隨手拿了一個玩弄，絕無他意。」

這位日後即將出掌全真教的道人尹志平，少年時竟是如此輕佻愛搞鬼嗎？這段故事因為扞格尹志平一貫謙沖守禮的形象，因此二版將之刪除了。

【王二指閒話】

清和真人尹志平習道有成後，行如風、立如松、坐如鐘、臥如弓，言行中自然流露出成道者的高雅風範。

然而，成道之前的尹志平當然有可能經歷調皮的少年時節，也可能為了一時嬉鬧而「搞鬼」。

不過，小說必須盡量讓人物的性格前後一致，或至少有一定的脈絡可循，因此尹志平搞鬼的這段情節，刪掉的原因之一，就是為了讓尹志平少年老成，以與他後來出任全真教掌教，保持一致的形象。

刪掉的另一個原因則是因為這段情節若存在，江南六怪的武功層次會因此被貶低。尹志平在蒙古搞鬼，戲弄的對象是江南六怪與郭靖。而若是尹志平躲在華箏身邊，甚至拿走一顆骷髏頭，都能讓江南六怪神不知、鬼不覺，還懷疑那是梅超風所為，那麼尹志平的武功層次就等同於梅超風，也遠超過江南六怪了。

倘使江南六怪連全真教第三代的尹志平都不如，六個拙劣武夫教出的郭靖還想爭雄於武林嗎？因此這段刪去是必然的。

第五回還有一些修改：

一．關於鐵木真金刀的形制，一版說在金刀刀柄上有塊黑玉，玉旁刻著蒙古字「鐵木真大汗欽配」，刀柄另一邊則刻著蒙古字「殺敵殲仇，如虎屠羊」。二版改為只說這把金刀是黃金刀鞘，刀柄盡處有黃金虎頭。而為什麼一版所說的金刀上刻蒙古字，二版會將之刪除呢？因為金庸在改版時已然發現，蒙古字在小說設定的背景年代根本還沒創造出來。

二．江南七怪找到郭靖後，為什麼不帶郭靖回祖國大宋調教呢？新三版較二版增寫了一大段關於七怪要不要帶郭靖回江南的討論，七怪最後的結論是：「在蒙古風霜如刀似劍的大漠中磨練，成就決計比去天堂一般的江南好得多。」郭靖因此被留在蒙古授業。

三．一、二版郭靖與華箏餵小白鵰吃的是肉，新三版則改為餵小白鵰吃蟲。

四．二版韓寶駒的黃馬，看到都史的豹子就嚇得不敢動，新三版改為這匹黃馬向前竄出。馬如其主，新三版的黃馬勇氣變強了。

五．一、二版郭靖想到馬鈺，稱謂都是「他」、「道長」，新三版改為「道士伯伯」。新三版青年郭靖更有禮貌。「禮貌原則」是新三版改版的原則之一。

六．關於越女劍法的招數，一版的「技擊白猿」，二版改為「枝擊白猿」。

李萍住蒙古包住上了癮？——第六回〈崖頂疑陣〉版本回較

李萍受段天德所迫，被押到蒙古，並生下郭靖。

傳下郭家香火後，李萍最念茲在茲的，就是把郭靖培養長大，並教郭靖為郭嘯天報仇。

讓李萍頗為欣慰的是，江南七怪北來大漠，傳授郭靖武功，郭靖也認真習武，練出一身好功夫，報仇確實有了指望。

習藝有成後，郭靖跟江南七怪一路，準備回嘉興履行丘處機的比武邀約，同楊康一較高下。

當郭靖南回時，郭靖的母親李萍是否也要隨郭靖一行同回大宋呢？一版李萍沒動靜，二版李萍未打包，直到新三版，李萍仍然打算自己留在蒙古。

為什麼大宋土生土長的李萍，竟然不想跟隨兒子回到大宋？難道李萍在蒙古住太久，已然愛上蒙古，習慣住蒙古包逐水草而居，不再思念大宋，也不想回牛家村落葉歸根了？

針對這個問題，較之一、二版，新三版增寫李萍心想：「自己離鄉已久，思鄉殊切，一心與之同歸，但想兒子成親時自己必須參禮，千里往返，回南之後，又再北來，未免大費周折，思前想後，只得言明自己留居蒙古待子回來成親。」

原來如此，兒子要當駙馬，娶的是華箏公主，總不能叫人家公主的婚禮大隊一路浩浩蕩蕩前來牛家村拜見婆婆，完成婚禮，再千里迢迢返回蒙古歸寧吧！

與其麻煩眾人勞師動眾前來牛家村，或自己風塵僕僕從牛家村前去蒙古參加兒子的婚禮，還不如暫時委屈留在蒙古，等兒子與公主完婚再回到鄉下老家，這也符合李萍一貫為人著想的性格。

【王二指閒話】

為什麼李萍會留在蒙古？或者，反過來問，為什麼李萍不可以留在蒙古？

按照傳統上的想法，郭靖長大了，也準備回大宋了，李萍完成了教養的天職，「理所當然」應回牛家村。落葉歸根嘛！誰不想回故鄉？

然而，真的人人都想回故鄉嗎？

一、二版中，金庸把李萍留在蒙古的原因留白，我們可以假想幾種原因：或許郭嘯天逝於牛家村，李萍不想回到傷心地；也或許李萍覺得由蒙古搬遷回大宋太麻煩，畢竟還要横越一個與大宋為敵的大金國；又或許李萍已經習慣牧牛放羊的生活模式，回到宋國既無田產，也沒男人可以下田（郭靖出門拼武功事業去了），生活可能會陷入窘境。

新三版不再留白，金庸給了讀者明確的答案，原來李萍是在等兒子與公主完成婚禮，兒子完婚後，李萍就回故鄉。

然而，李萍難道不可以愛上蒙古，也習慣蒙古的生活嗎？李萍當然可以喜歡蒙古，或許這也才是李萍不願南回的真正原因。在蒙古住了十多年的李萍，應該有不少蒙古好姊妹，彼此之間也有生活上的相互照應，而若是回到大宋，她擁有的只是牛家村一間殘破的舊房子。孤伶伶一個人的她，怎能比得上在蒙古過得適意？

單是這點理由，就能支持李萍留在蒙古。

不過，小說還有其創作上的理由，按照武俠小說的通則，郭靖若要行俠江湖，有一個母親存在，是非常絆手絆腳的。

大俠行事光明磊落，但「光明磊落」可不是邪徒的江湖遊戲規則，邪徒若是武功不敵大俠，他們大可以綁架大俠的父母，威脅大俠就範。那麼，若是邪徒勒著大俠父母的脖子，逼迫大俠行不義之舉，大俠究竟應該成全俠道，還是成全孝道呢？

為了不讓大俠有俠道孝道無法兩全的困擾，金庸的創作原則一向是讓大俠沒有父母，因此楊過、張無忌與令狐冲皆自幼父母雙亡，喬峰、虛竹雖有父母，卻相見不相識，郭靖則是母親遠在蒙古，邪徒亦幾乎無人知道他尚有母親。

若按武俠小說的邏輯，李萍也只有安住蒙古，遠離郭靖，才能活命，一旦她要接近郭靖，就必然被作者賜死，事實上，這個大俠父母必死的魔咒，在《射鵰》書末，李萍決心隨郭靖南回時再度應驗，她馬上被作者下令處死。

所以，李萍必須留在蒙古，以小說創造的角度說，既不是因為她喜歡蒙古，也不是因為她在等待郭靖華箏完婚，真正的理由是，她只是作者全書佈局中的一顆棋子，除非留在蒙古，否則必遭殺身之禍。

第六回還有一些修改：

一．梅超風的長鞭逐版縮水，一版是「六丈有奇」，二版是「四丈有奇」，新三版則剩「三丈有餘」。此外，二版稱此鞭為毒龍長鞭（見第十一回），新三版則有了正式名稱，叫「白蟒鞭」。

二．郭靖跟黃河四鬼的一場戰鬥，因無關全局，新三版大幅刪削。

三．在二版《射鵰》第十一回，梅超風曾問郭靖，何為「三花聚頂」？郭靖告訴她：「三花聚頂是精化為氣，氣化為神，神化為虛。」

針對這段情節，武俠小說評論者葉洪生曾在「偷天換日的是與非」一篇論文中，談到「三花聚頂，五氣朝元」是內功基礎知識，而武功傲人的梅超風居然會問郭靖何謂「三花聚頂」，實在是不合理。

修訂新三版時，金庸針對葉洪生的質疑做了情節的修改，在這一回中，梅超風問馬鈺內功問題，二版梅超風問的是「『奼女嬰兒』何解？」，新三版改為梅超風問：「『三花聚頂』、『五氣朝元』呢？我桃花島師門頗有妙解，請問全真教又是如何說法？」原來梅超風本來就懂「三花聚頂，五氣朝元」，只是想問「另一種說法」，供自己練功時參酌而已。

這段改寫好似破解了葉洪生的質疑，但卻又衍生了新的疏漏，那就是如果梅超風堅信黃藥師的「妙解」，她何必再參酌他派說法？又若是她不全信黃藥師的「妙解」，還得參酌全真教的解法，那麼，在她心中黃藥師豈非不如王重陽？

四．孫不二的外號，一版是「清淨散人」，二版改為「清靜散人」，新三版又改回「清淨散人」。「清淨」與「清靜」兩種道號均可見諸史料。

五．郭靖南下，成吉思汗給他的盤纏，一版是黃金三十斤，但隨身背負三十斤黃金，郭靖的行囊未免過於沉重，二版因此縮水為黃金十斤。

郭靖是連敵人都愛的聖人嗎？——第七回〈比武招親〉版本回較

黃日華、翁美玲版的港劇「射鵰英雄傳」分成三部，在第三部「華山論劍」裡，主題曲有句歌詞說：「論愛心，找不到更好。」歌詞中的「愛心」說的自然是郭靖的愛心。

郭靖的愛心到底有多好呢？一版中有段情節描述郭靖的善良，其程度幾乎近於顢頇。

這段故事說的是黃河四鬼被黃蓉吊在樹上，郭靖見到了，害怕他們被「活活吊死」，惻隱之心升起，於是躍上樹去，用金刀將四人的牛皮繩條割斷。然而，救下黃河四鬼後，他又怕黃河四鬼加害自己，因此對他們的脈腕點穴，並告訴他們：「十二個時辰之後，穴道自然會解，痠痲自止。」

解救可能會吞噬自己的「中山狼」，一版郭靖未免過度仁慈而近於顢頇，二版將這段修改為，黃河四鬼被黃蓉吊在樹上，看到郭靖時，大聲吆喝，叫郭靖放他們下來。不過，二版說，郭靖雖不聰明，但也不至於蠢得到了家，當下哈哈大笑，就離開了。

二版不再誇大郭靖的仁愛善良，讓他近於犯傻了。

此外，一版郭靖看到楊康跟穆念慈比武時，出言評論：「這位公子的功夫遠在尹志平之上。」

一版郭靖「聰明伶俐」，還有可能評斷他人的武功層次，二版改為郭靖改為「獃頭獃腦」，既然聰明指數下降了，自不宜隨口月旦他人，因此二版刪去了這段郭靖對楊康武功的考語。

還有，一版楊康初登場即展現其過人的聰慧，在穆念慈比武招親風波前，楊康曾於茶樓與郭靖進行第一次交手。因為錯以為郭靖使用桃花島的點穴功夫，楊康質問郭靖：「郭兄可是從東海桃花島來嗎？請問來此有何貴幹？」

初出茅廬的楊康，在尚未有真正的江湖歷練之前，說起話來，居然一付老江湖的口吻，還能分辨誰的武功路數屬於何門哪派。

這段情節是要顯露楊康的聰明與成熟，但就跟本諸同情隨手釋放黃河四鬼，突顯郭靖的善良一樣，都是過度誇大的描述。

小說塑造人物性格，原則上是過猶不及，不論聰明或善良，一旦描述過度，就會變成虛偽。

為了讓人物回歸中道，一版楊康與郭靖的這次茶樓交手二版全刪了，兩人的首度對戰推遲到穆念慈比武招親那一次。

《射鵰》書中要打造的郭靖，是仁慈善良憨直的忠義俠士。。在塑造郭靖的形象時，金庸設想的郭靖即是「不嗜殺人者」，他的善良特別表現在可以決定仇人的生死之時。

郭靖自幼就知道殺死他父親，害得母親挺著懷胎數月的肚子遠走蒙古的仇人是大宋惡官段天德，然而，當有機會手刃段天德時，段天德只不過對郭靖說一番他受強迫去殺郭楊兩家的無奈理由，郭靖就揮不下斲人性命的一劍。此外，完顏洪烈是楊家村郭嘯天血案的真正主謀，於郭靖而言，對完顏洪烈的仇恨絕不亞於段天德，也正是為了擊殺完顏洪烈，郭靖才加入征討花剌子模的蒙古軍隊，不過，當完顏洪烈真的被成吉思汗問斬時，郭靖依然心生不忍。

再有，成吉思汗算是逼死郭靖母親的元兇，但郭靖在傷慟母親逝世之餘，並不存著復仇之心，只要念及成吉思汗曾是疼愛關照過他的長輩，郭靖就寧可放下仇恨。

對人總存著寬厚良善之心，就是金庸所要塑造的郭靖。

武功是可以逐漸練出來的，但人格卻無關武功的深淺，顛沛流離也好，名昭武林也好，郭靖都始終保持著寬厚良善的真性情。

不過，善良必須本諸智慧，如果寬厚無限上綱，對待善人惡人皆一體寬容，那就會流於虛偽濫情，也就是缺乏智慧的善良了。

對於被黃蓉綁在樹上的黃河四鬼，郭靖有沒有可能基於悲憫而釋放嗎？也許會，畢竟郭靖後來也曾經三次輕饒歐陽鋒。然而，歐陽鋒若不釋放，即有性命之憂，因此「不嗜殺人者」郭靖非饒他不可；黃河四鬼就不同了，以黃河四鬼的武功修為，被倒吊樹上並沒有性命的危險，倘使郭靖也輕放他四個，而後又害怕他們加害自己，郭靖就只是昏聵無知的濫好人。

金庸改版時的考慮就是這麼周全，改掉了這段，郭靖就不是毫無原則的善良，而是有所為，有所不為的慈悲，一段情節的更佚，即可以讓郭靖的人格更圓融。

第七回還有一些修改：

一．為了避免被評論者貼上「醜化藏人」的標籤，二版改寫為新三版時，凡是二版出身西藏的反派人物，金庸幾乎都將他們遷移本籍，這一回登場的靈智上人，二版是出身西藏密宗，新三版改為出身青海手印宗。此外，二版靈智上人的絕技是「大手印」，但「大手印」可能有侮蔑佛教之嫌，新三版因此改為「五指秘刀」。

二．郭靖邂逅小乞兒黃蓉，並招待黃蓉共進一頓美食大餐，這頓大餐耗資多少呢？一版說是三百零九兩七錢四分，但以南宋的幣值來說，這筆銀子算是天價，二版因此改為一十九兩七錢四分。

三．穆念慈比武招親，穆易設的招親條件，二版說是三十歲以下，新三版改成二十歲上下，新三版穆易並且還提到比武的本意乃是「志在尋人」，這點改寫是為了更清楚地點出穆念慈比武招親的真正目的是尋找郭靖。

四．一版白駝山白衣女子稱歐陽克為「山主」，二版改稱「少主」。「少主」為宜。

五．一、二版稱金國首都為「中都北京」，新三版改為「中都大興府」。「中都大興府」更符合史實。

六．二版楊康參加比武招親，本意就只在調戲穆念慈，穆念慈因此當眾羞憤自殺，幸而被穆易擋下，新三版刪去了穆念慈自殺一段。然而，以穆念慈剛強的性格，確實有自殺的可能。

郭靖竟連手無寸鐵的小童都制伏不了？——第八回〈各顯神通〉、第九回〈鐵槍破犁〉版本回較

王處一為靈智上人所傷，為了幫王處一盜取療傷藥材，郭靖與黃蓉進入趙王府，並以武力脅迫簡管家到梁子翁館舍取藥。

這段故事一、二版是這樣說的：郭靖跟隨簡管家及青衣童子進到藥庫後，青衣童子揀出郭靖需要的藥材，並交由簡管家遞給郭靖。拿到藥材後，郭靖即沒再注意簡管家，而後三人準備離開藥庫。就在走出藥庫時，簡管家故意放慢腳步。待郭靖與童子先出門，簡管家立刻吹熄蠟燭、關上房門、鎖上門栓、並大喊抓賊。

此時，青衣童子呼應簡管家，將郭靖手上的藥材搶過來，丟進池塘，郭靖回擊兩掌，都被童子閃了開去。

這段情節讓人起疑的是，倘使這時青衣童子不是搶藥，而是拿一把見血封喉的利刃直接刺向郭靖，郭靖豈不是命喪當場？更何況以郭靖當時的武功，怎會連出兩掌還打不到一個武功毫無造詣的小童？

郭大俠不是在大漠苦學多年，南來與楊康比武的嗎？如果連一個青衣童子都打不過，豈不是應該回大漠閉關懺悔，練他十八年，再重出江湖？

新三版將這段修改了，改為郭靖三人步出藥庫時，青衣童子先將藥交給簡管家，郭靖亦緊跟著簡管家，但在出藥庫之門時，簡管家還是故意落後，並且關門、上閂、喊抓賊，再將藥材由窗戶丟進池塘。

至於青衣童子，則是在出門後就被郭靖打昏了。

當然，新三版仍然不夠圓融，因為新三版已言明郭靖是「緊跟」著簡管家。但郭靖的「緊跟」莫非是距離五十公尺或一百公尺？否則簡管家怎麼會有這麼充裕的時間可以關門、上栓？更何況，郭靖進藥庫的目的不就是為了取藥嗎？為何取得藥材之後，還將藥材交在簡管家手上保管呢？

這些不夠周延的描述，只怕下次若再有機會改版，金庸還得花點巧思。

【王二指閒話】

一版、二版到新三版均不周延的這段，究竟怎麼改寫為妥呢？在這段故事的不同版本裡，郭靖不是輸給青衣童子，就是敗給簡管家，而不管是簡管家還是童子，都只是武功不入流的人物，怎麼說郭靖都顏面無光。

為什麼會有這樣的瑕疵呢？這是因為這段故事的的用意，本就是要寫郭靖「已經盡力了，卻還是拿不到藥。」正因為郭靖拿不到藥，才能串接到郭靖又回到藥庫，並吸得到梁子翁寶蛇之血的一段故事。

因此，這一段是「橋樑情節」，目的即是要讓郭靖的故事銜接到「再度回藥庫並吸飲蛇血」。故而不管怎麼改，郭靖一定要吃鱉，青衣童子也好，簡管家也罷，郭靖都輸定了。

或許也可以另外假想一些狀況來為郭靖解套，讓郭靖既取不到藥，卻又不失面子。譬如說，把簡管家及童子換掉，改成梁子翁之類的高手親自為郭靖帶路取藥，這麼一來，郭靖即使吃鱉，也不致於太傷臉面，然而，依當時的小說佈局，只怕這樣改寫也不可行，因為梁子翁之流是絕對不可能為郭靖帶路取藥的。

再不然，就是讓郭靖自己到藥庫翻找藥材，而後遇到寶蛇，那就完全無干簡管家或童子。然而，這樣的描寫依然有漏洞，畢竟郭靖不是韋小寶，取藥之事又關乎王處一的性命，依郭靖耿直的性格，絕不可能自己進藥庫找藥材，拿王處一的性命開玩笑。

真要為郭靖解套，只怕金庸還得再次傷腦筋，構思更圓熟的情節了。

且說梁子翁那條蛇：

郭靖確實是武林的天之驕子，藥材被簡管家丟進池塘後，他又回到梁子翁的藥庫找藥，卻意外吸取了梁子翁寶蛇的蛇血，因而內力大增。

關於這條蛇，二版說是大蝮蛇，蛇體本是灰黑色，因服食丹砂、參茸等藥物而變紅色，餵養二十多年，通體全紅；新三版則改說是大蟒蛇，服食的除了丹砂、參茸外，還多了一味貂鼠，蛇毒化淨，餵養十餘年，通體變紅。

吸取蛇血後，郭靖感覺腹中滾熱，周身欲裂，到處奇癢無比。

而後，郭靖與楊康對打。關於郭楊交手的過程，一版的描述是：「（楊康）這番卻是正好打中（郭靖）癢處，舒服之極，他（郭靖）故意放鬆門戶，讓完顏康打個痛快。」一版還做了解釋：「按照古傳秘方，服用蛇血之後，必須周身敲打，以發散血毒和鬱熱之氣。身上中一拳，功力就增一分。兩個人誤打誤撞，完顏康哪知自己竟做了郭靖的得力助手？」

這段故事所描述服飲蛇血後，受人敲打而增強內力的法門，曾受方家質疑其真實性，為了避免爭議，二版遂修改成：「（郭靖）背上被完顏康連打了兩拳。只是體內難受無比，相形之下，身上中拳已不覺如何疼痛」。

寶蛇之血是否真有增強郭靖內力的神效呢？一版明確說是有，新三版第十二回則已改成「（寶蛇之血）雖有驅蟲辟毒之效，卻並不能增強內力」。

經過逐版修訂，梁子翁的寶蛇由蝮蛇轉成蟒蛇，其血也已無增強內力的功效，彷彿喝這條蛇的血已經跟小吃攤喝碗蛇血沒兩樣了。

黃蓉被慕容復上身

——第八回〈各顯神通〉、第九回〈鐵槍破犁〉版本回較

為了幫王處一取得療傷之藥，郭靖、黃蓉進入趙王府盜藥。在這次的竊藥行動中，黃蓉跟沙通天、彭連虎有過一段交手，彭連虎還自信十招之內必能說出黃蓉的師承來歷。

關於這次交手，一版黃蓉的招式著實炫人耳目，她陸續使出山東濟州盧家二郎拳、江北六合八極式、太原帥家出雲手、古傳潭腿「繩掛一條鞭」、嵩陽派哪吒式、關東長拳讓步跨虎勢、江南子午代藥劍「大三拍、金絞剪」、以及西域「雪山八套」之「寒冰暴至」。

這段情節讓人聯想起假扮西夏武士李延宗的慕容復，他的武功如同萬花筒，因為出招讓人眼花撩亂，連博學的王語嫣也猜不出其師承來歷。

一版黃蓉彷彿被慕容復上身，她跟慕容復一樣，博學各門各派武功，施展起功夫來，讓人眼光撩亂。

詭異的是，黃藥師不是唯我獨尊，視天下各門各派如敝屣嗎？他怎麼可能會像慕容博一樣，讓子女博習各門各派的招術，或甚至親授親傳黃蓉這些名不見經傳的小門小派武功呢？

二版將這段修改了，改為黃蓉使的招式全是隨學隨用的功夫，包括從侯通海一干人身上學來的夜叉探海與移形換位、沈青剛的「斷魂刀法」、馬青雄的「奪魄鞭法」、全真派掌法、郭靖的「南山掌法」、以及彭連虎的「三徹連環」。

這麼一改，不只維持了黃藥師不屑他門他派的形象，又顯出東邪女兒黃蓉學武的聰慧天資。

此外，在這段修改中，還表露出金庸塑造人物的一貫原則，那就是人物武功的專屬性。如果黃蓉博學各派功夫，她跟慕容復的雷同度就過高，而經過修改，黃蓉只不過是一時遊戲心起，記得他派幾招功夫，至於廣學天下武功的獨門絕技，仍然獨屬於慕容世家，那麼，黃蓉與慕容復就涇渭分明，兩不重複了。

【王二指問話】

天生慧黠的黃蓉，能不能跟慕容復或王語嫣一樣，博雜地學習各門各派的武功呢？

金庸若真想這樣塑造黃蓉，又要顧及黃藥師不屑天下門派的形象，那也不會有任何困難，只要增添一小段故事，譬如說，黃蓉跟老爸吵嘴後離開桃花島，來到江南的一段時間，多次巧遇門派爭鬥，身為武術名家之後的黃蓉，對他門他派的武功特別敏感，多看了幾眼，也就記在心裡了。

情節或許合理，卻不見得妥當。

說來黃蓉的確可以在江南有這些奇遇，也可以廣學各派功夫，那麼，為什麼一版黃蓉博學他派武功的情節必須改掉呢？簡而言之，這就牽涉到黃蓉性格的塑造。《射鵰》人物的性格非常鮮明，而且全都有著父母的傳承，因此黃蓉的身上流著黃藥師的血，也與黃藥師一樣，有著心高氣傲，鄙夷他人的性格。

且看黃蓉被江南六怪說是妖女時，可有任何敬對方為男友之師的謙遜之意？自視甚高的她不只不屑江南六怪，言語中還流露著對於六怪的嗤之以鼻。

這般自傲的黃蓉豈能去學什麼二郎拳、潭腿？在她那目高於頂的雙眼裡，只怕除了天下五絕的武功外，都不屑去學。因此還不如像二版這樣，修改為黃蓉天資極高，不論看過南山拳或其他武功，都能瞬間心領神會，並且過目不忘，這樣更能雕塑出黃蓉慧黠聰明的性格。

第八回還有一些修改：

一．治療王處一的藥材，二版是血竭、田七、沒藥、熊膽四味藥，新三版再加上硃砂，成為五味藥。

二．沙通天以瓜子打出文字顯揚功夫，一版打的是「耀武揚威」四字，二版改成「黃河九曲」四字，二版更符合他鬼門龍王獨霸黃河的威勢。

第九回還有的修改：

新三版教二版增寫了傻姑的下落，說到曲靈風失蹤後，傻姑最後由楊鐵心岳母，也就是包惜弱的母親所撫養。

黃藥師愛上了梅超風——第十回〈往事如煙〉版本回較

進入正題前，先介紹金庸新三版的幾個改版原則，包括：

「多情原則」：男主角的情愛及於更多女俠。

「深情原則」：俠士們更能輕易開口說愛，也有著更深刻的情愛。

「合理原則」：情節力求合理，不讓讀者覺得荒誕無稽。

「祥和原則」：不論正派或反派，關於殺人，人數盡量減少，手段殘忍度也盡可能減輕。

「史實原則」：小說中提到的相關歷史背景，力求符合史實。

「禮貌原則」：俠士俠女們的言行更有禮貌。

「補白原則」：將二版原本留白的故事補白說明清楚。

新三版這一回增寫的「黃藥師愛上梅超風」一段情節，即是基於改版的「多情原則」，一二版中獨鍾愛妻的黃藥師，新三版居然在婚前曾對女弟子梅超風深情款款。

因為增寫的篇幅極大，這一回的回目在二版原是「冤家聚頭」，新三版配合增寫，也將回目更改為「往事如煙」。

或許金庸對筆下人物梅超風確實情有獨鍾，從一版、二版到新三版，每修一版，金庸都幫梅超風添加不少故事，修到新三版時，更讓她談起師生戀，還因此導致許多喜歡二版專情黃藥師的讀者氣憤跳腳。

然而，黃藥師跟梅超風的師生戀，究竟是真實可靠，亦或是空穴來風呢？因為這段加寫有許多內容都出自曲靈風口傳，並未寫及黃藥師親自承認戀情，因此，黃藥師到底有沒有愛上梅超風，書中並沒有言明。

既然金庸諱莫如深，我們也就留給讀者自行揣測了。

接下來要談這段故事的版本差異。

二版寫到梅超風關於桃花島的回憶時，說她在桃花島跟陳玄風情投意合，因而偷偷結為夫妻，但又怕師父責罰，因此在偷走《九陰真經》下卷後，逃出桃花島。

陳梅二人後來又潛回桃花島，卻適逢黃藥師之妻新喪，兩人還聽到黃蓉叫：「爸爸！抱！」。

因為怕被黃藥師發現而慘遭責罰，兩人再度逃離桃花島。爾後，陳玄風怕有人盜取他的秘笈，竟將《九陰真經》下卷刺青在胸口。

陳玄風死後，梅超風割下了他胸口皮肉，保全了刺青版本的下卷《九陰真經》。看過這個故事，許多讀者都質疑，人的胸口能有多大面積，可以刺下數千字的經書內容？而若是刻成蠅頭小字，又真能字字分辨出究屬何字嗎？

新三版為追求「合理原則」，將這段情節來了個大翻修，並因此展延出桃花島上的一大段故事。

新三版先增說黃藥師為什麼外號叫「黃老邪」，原來黃藥師祖父為宋高宗御史，因為幫岳飛申冤，全家遭流放到雲南麗江。

在雲南長大的黃藥師從小即詛罵皇帝，隨著年紀成長，武功逐日高強，卻謗罵朝廷依舊，因此得了「邪怪大俠」的名號。

梅超風從小就被賣入蔣家當丫頭，但蔣老爺老是對她毛手毛腳。後來黃藥師乘機救了梅超風，又帶她到桃花島，成為桃花島的女弟子。

桃花島弟子排序為曲靈風、陳玄風、梅超風、陸乘風、武罡風（二版本名武眠風）、馮默風。新三版將桃花島弟子做了確定的排序。

梅超風知道大師兄曲靈風有一女兒，妻已歿，也清楚他對自己頗有情意。然而，曲靈風卻拿著黃藥師私下手書的「恁時相見早留心，何況到如今」紙箋給梅超風看，暗示她師父對她頗有情意。

後來梅超風跟陳玄風戀愛，曲靈風憤而出面指責兩人，說陳玄風奪師父所愛，黃藥師聽聞此事，對曲靈風極為震怒，遂震斷了曲靈風腿骨，並將他送到臨安府。

接著，黃藥師到慶元府、臨安府等地兩年，更娶回一位跟梅超風同年的美女。婚後的黃藥師曾在酒後自吐心聲：「再沒人胡說八道，說黃老邪想娶女弟子做老婆了罷？」娶妻之後，緋聞既已破除，黃藥師遂決定原諒曲靈風，亦準備讓他重歸師門，這時陳玄風跟梅超風緊張了，惟恐曲靈風回桃花島後不利於己，於是，兩人竊取了《九陰真經》下卷，並離開了桃花島。

後來兩人曾經再度潛回桃花島，時值師母方過世，黃藥師見到了梅超風，叮囑她：「不要再練《九陰真經》了，保住性命要緊。」

新三版陳玄風並沒將《九陰真經》刺青在胸前，而是在逝前將《九陰真經》抄本交給了梅超風。

新三版增寫的這段桃花島故事，篇幅長若一篇短篇小說。讀過二版的人，若再閱讀新三版增寫，必然大呼過癮。

新三版的這段改寫達成的效果是：

一．二版陳玄風在胸前毫雕刺青數千字《九陰真經》，一向被讀者質疑其可能性，新三版改成抄本即解決了這問題，也符合了新三版的「合理原則」。

二．號稱不拘禮法的黃藥師，在二版中居然會因為男女弟子私訂終身，不合禮教而大發雷霆，這確實有傷黃藥師「東邪」的一貫形相，新三版修改成黃藥師所憤怒的是弟子曲靈風編造他的緋聞。既然事關師道尊嚴，憤怒也就理所當然了。

三．一、二版的黃藥師對待弟子嚴厲刻薄，如此的師父怎能讓弟子親愛尊重？新三版改寫的黃藥師對弟子疼愛有加，並且恩威並施，這才是明師風範。

第十回還有一些修改：

一．一版梅超風再度回桃花島，聽聞師母難產而死，心裡想：「不許賊漢子再來碰我，我一定不生孩子。」這是為黑風雙煞的沒有子嗣說明理由，但二版將之當成「冗說明」刪了。

二．丘處機送郭楊兩家的兩把利器，二版時說為短劍，時說為匕首，新三版一律說是「短劍」。

三．一版曾說黃蓉以「閃電手」點穴，二版刪去此招式。

四．歐陽克帶到趙王府的姬人，二版有二十四人，新三版是二十二人，有二人已在道上喪命（各為南希仁與全金發所殺，見第十一回）。

五．梁子翁欲鬥梅超風，一版梅超風是拿他「公孫穴」，二版改為「衝陽穴」。

六．梅超風問郭靖內功問題，新三版較二版加問一題：「什麼叫『七星聚會』？」這是為第二十五回郭靖看到全真七子的「北斗七星陣」而了悟《九陰真經》的涵意預留伏筆。

七．黃藥師的成名掌法，一版叫「落英掌」，二版改為「落英神劍掌」，新三版再改為「桃華落英掌」。

八．黃藥師常吟誦的兩句詩，一版作「綺羅堆裡埋神劍，簫鼓聲中老客星。」但這是清人吳綺的詩，南宋時代的黃藥師拿來借用恐有不妥，二版於是改作「桃花影落飛神劍，碧海潮生按玉簫。」此詩蘊藏了黃藥師的武術，可說是別具心裁之作。

九．關於桃花島的景點，一版的積翠峰、堆雲洞、試劍亭，二版改為彈指峰、清音洞、綠竹林、試劍亭，二版的景點命名更契合桃花島武藝。

十．黃蓉對梅超風自表身份，一版是打出「摧心掌」的「鵬摶九霄」，並問梅超風：「妳偷了真經，這招學會了吧？」但這暗示黃蓉亦學過《九陰真經》，著實不妥。二版改為黃蓉所使的是「落英神劍掌」的一招「江城飛花」，並問梅超風：「這一招我爹爹教過你的，你還沒忘記罷？」二版顯然較為適當。

黃蓉是製造他人痛苦的女魔頭——第十一回〈長春服輸〉版本回較

擅長說故事的作者鮮少直接對筆下人物下考語，諸如「聰明」、「豪邁」、「狡猾」、「奸惡」等等，作者或可以托其他人物之口來說，卻不能輕易由自己下斷言。

老練的作者說的是情境，再讓讀者來下評語，這也是金庸一貫塑造人物的模式。以這一回的黃蓉為例，金庸不說其正邪是非，只說其經歷的事件，但讀者只要閱讀過，即能對黃蓉的性格瞭然心中，更勝於作者自下考語。

為了深化筆下人物個性，金庸也常在改版中加寫故事，藉由細緻的人格雕塑，讓讀者們更明白人物的性格。

這一回二版增寫的「黃蓉迫人抬轎」一段，是一版原本沒有的情節，增寫此段是要讓讀者知道，黃蓉在心情極度憂悶憤怒時，內在潛藏的邪念會竄出來，此時的她就可能會拿無辜的弱勢者洩憤，並造成他人的傷亡痛苦。

「迫人抬轎」的故事起因於郭靖與黃蓉的戀情被江南六怪橫加阻攔，江南六怪以「妖女」污衊黃蓉，還不准郭靖跟黃蓉發展進一步的愛戀關係。

一版的靖蓉二人在愛情受阻後，決定好好享受彼此尚能相伴的半年，於是到溪邊戲水抓魚。二版的黃蓉可沒這麼認命，在戀情受挫後，二版增寫了一大段黃蓉洩憤的情節。

在二版的故事中，黃蓉內心痛苦，卻不能對情人的師父施加報復。某一天，她巧遇一對肥胖財主夫婦正要回娘家，胖財主騎瘦驢，胖夫人則由兩個瘦轎夫扛轎，還有一名丫鬟幫她煽風。

正想找人發洩情緒的黃蓉，沒來由地就拿鞭子抽打財主，並割掉胖夫人的左耳，接著，她要轎夫與丫鬟進轎，還逼迫胖財主夫婦抬轎，黃蓉要「讓你們（胖財主夫婦）嚐嚐平日被欺壓又不能反抗的痛苦」。

將憤怒轉嫁無辜者，藉由讓他人痛苦，發洩自己的情緒，黃蓉跟《神鵰》的李莫愁有著高度的雷同。

然而，命運有著好壞的差別，李莫愁愛情挫敗，在得不到陸展元後，見到與陸展元妻子何沅君名字中「沅」字相關的無辜者就胡殺亂砍，因而造成死人無數，最後終於天人共憤，成為武林公敵；黃蓉的內在也跟李莫愁一樣，住著一位女魔頭，幸而她的愛情圓滿了，否則，早在李莫愁之前，「黃莫愁」可能已經掀起武林一片腥風血雨。

【王二指閒話】

黃蓉的愛情，像極一盤賭局。

黃蓉天真地以「偽裝成小乞兒」為手段，將愛情的命運交給上天，想賭賭看，若是自己不再是嬌美的小姑娘，哪個多情種子依然會深情地愛著她？

這種賭局當真令人捏一把冷汗，化妝為小乞兒時，黃蓉固然有可能遇見像郭靖這樣善良的憨直男孩，然而，倘若楊康之類的富家公子，那一天正好心情愉快，也可能在巧遇餐館中的小乞兒時，決定大加施捨，請吃一頓大餐，或送一份重禮。

黃蓉一廂情願地以為，當她以小乞兒身份出現時，會對她好的人，就不是看上她桃花島的身世，而是真心對她好的人，這純粹是少女的天真夢想。

初邂逅時，郭靖對她好，於郭靖而言，心中的「她」，其實是「他」，郭靖把小乞兒當少男在對待，他結識的是「黃兄弟」，而不是「黃姑娘」，因此，即使日後發現郭靖本有未婚妻華箏，黃蓉也無話可說。

而這種將良緣交託於上天的賭法，如果出現在黃蓉身邊的是喬峰，依喬峰謹慎而願意犯險的性格，也可能會願意請她吃這一頓，看看她在搞什麼鬼，或者還預想能釣出一樁陰謀！

黃蓉若因此覺得喬峰就是終生所托，也要約他唱小曲，依喬峰的個性，黃蓉豈不是表錯情了？然而，不管「賭情人」的方式妥不妥，黃蓉的賭注都壓在郭靖身上了，可是江南六怪的出現，卻造成了黃蓉的挫敗，因為黃蓉賭注已下，也志在必得，江南六怪卻強迫郭靖把賭局結束。面對愛情的波折，黃蓉的心情自然是五味雜陳的，她可能落寞、憤怒、無奈、或悲傷。照一版的寫法，郭黃兩人在愛情受阻後，雙雙去溪中戲水，這樣的黃蓉更像穆念慈，哀傷往肚裡吞，並以其他活動轉移悲憤的情緒。

然而，這會是金庸所要雕塑那既慧黠又刁鑽的黃蓉嗎？想來金庸也無法苟同自己一版的寫法，因此，金庸在二版插入了「迫人抬轎」的故事，讓讀者知道，依黃蓉的性格，在心情激憤下，絕不會將滿腔憤恨埋進肚中，反倒是必拿倒楣的無辜者洩憤。東邪黃藥師的女兒，身上流著東邪邪裡邪氣的血液，這才是更成功的黃蓉性格創造。

第十一回還有一些修改

一．梅超風以銀鞭纏住黃蓉時，二版心中想的是「左右是背逆師門，殺了小丫頭（黃蓉）再說。」新三版因已改成黃藥師對梅超風疼愛有加，因此梅超風也不可能再有此想法，故而刪去此情節。

二．二版全真教的「三花聚頂掌法」，新三版改為「履霜破冰掌法」。

三．一版柯鎮惡的杖法「金剛逞威」，二版改作「金剛護法」。

四．彭連虎打丘處機穴道，一版是「上打『肩儒穴』，下點『白海穴』」，二版改為「上打『雲門穴』，下點『太赫穴』」。

五．梁子翁打丘處機的背心穴道，一版是打「鳳尾」、「精促」、「脊心」三穴，二版改為打「陶道」、「魂門」、「中樞」三穴。

六．郭靖表達感情的能力，新三版大幅增長。戀情受阻時，新三版增寫郭靖告訴江南六怪：「師父，我不見蓉兒，我活不了三天，就會死的！」此外，郭靖還要牽黃蓉的手，告訴師父：「我不能沒有她」。

不唯郭靖，新三版的俠士均較二版擅長以言語示愛。

洪七公忘了申請「降龍十八掌」的專利權

——第十二回〈亢龍有悔〉版本回較

金庸在小說中別出心裁創造的武功，諸如「降龍十八掌」、「九陰真經」、「葵花寶典」……等等，幾乎都已經成了讀者心中武林秘笈與江湖神功的代名詞。

「降龍十八掌」尤其能代表武林絕學，然而，這傳頌於讀者之間的神功「降龍十八掌」，從一版到新三版《射鵰》，說起其本源，三版各自不同，也各有春秋。

關於「降龍十八掌」的來源，一版說：降龍十八掌乃洪七公生平絕學，是他從易經中參悟出來。一版的「降龍十八掌」完全是洪七公的個人發明，洪七公有權利申請專利。

二版則改為：降龍十八掌之於洪七公是「一半得自師授，一半是自行參悟出來」，可知二版的「降龍十八掌」大約還有九招是洪七公自行參悟出的個人創作。

而後在新三版，「降龍十八掌」的本源再度丕變，原來在北宋蕭峰的年代，「降龍十八掌」本來是「降龍廿八掌」，後來被虛竹子精縮為「降龍十八掌」，代代相傳，才成了丐幫幫主洪七公的祖傳武術。

新三版洪七公成了「述而不作」的孔子，只有闡述，沒有發明。早在一版，洪七公絕對擁有「降龍十八掌」的私人專利，但在版本的流變中，洪七公越來越無關「降龍十八掌」的創造，直到新三版，「降龍十八掌」竟已變成丐幫世代相傳的祖傳絕技，完全無關洪七公了。

至於「降龍十八掌」的內容，基於金庸改版的「補白原則」，二版與新三版均有大幅增寫，新三版尤其較二版增添了一大篇幅描述，詳細介紹「亢龍有悔」的修習內容。

新三版增說，「亢龍有悔」這招的重點乃在「悔」字，不在「亢」字，所謂的「悔」是出招之時仍留有餘力。洪七公自承，這麼深奥的道理，雖經恩師指點，他自己也是學習「降龍十八掌」多年後才能領悟。

教導郭靖「降龍十八掌」時，新三版的洪七公要郭靖背兩段書，以體會「降龍十八掌」的奥妙，其中一段是「先天而天弗違，後天而奉天時。」另一段則是「『亢』之為言也，知進而不知退，知存而不知亡，知得而不知喪，其唯聖人乎？知進退存亡而不失其正者，其唯聖人乎？」兩段都是與「亢龍有悔」相佐的心法。

增寫的這段「亢龍有悔」內容，乃是要呼應後來將改寫的新三版《天龍八部》，為喬峰以「亢龍有悔」一招掌擊玄慈裝扮的遲姓老人，卻在發掌時仍留有餘力預留伏筆。

隨著金庸改版，「降龍十八掌」的內容越來越更完整，然而，關於「降龍十八掌」的創作，洪七公則從一版「降龍十八掌」的「創作者」，退為二版的「共同創作者」，最後終於退居新三版的「傳承者」了。

【王二指閒話】

金庸改版的重點之一，就是以武功將各部小說不同時代的江湖世界串接起來，成為前後連貫的「金庸版江湖史」。

在金庸的創作歷程中，一版《射鵰》中的「降龍十八掌」是洪七公手創，並經郭靖發揚而威震武林的武術，但後來在創作背景年代更早的《天龍八部》時，金庸又將「降龍十八掌」配給了喬峰，成為喬峰的獨門武藝。

洪七公與喬峰在「金庸之心」的天平兩端，究竟孰輕孰重，其實是不問自明的，因為喬峰是《天龍八部》的男主角，洪七公則只是《射鵰》中的「老一輩」配角而已。金庸在改版時，對於「降龍十八掌」的擁有者，究竟會偏向洪七公多一點，還是偏喬峰多一點呢？顯然在金庸內心的天平兩端，喬峰那頭的重量，跟洪七公這頭一比，呈現的是不成比例的壓倒性勝利。

於是，從二版開始，洪七公在「降龍十八掌」的創作份量上，就從原來的「全數自創」，減為「創作一半」了，說創作一半也還合理，畢竟武功必須師傳徒受，而在時代的流轉中，招式難免有一些散佚，亦須由後代高手創作補全。

「降龍十八掌」從喬峰時代的北宋到洪七公時代的南宋，經歷了綿長的時間，其間的丐幫幫主不見得人人都是武學奇才，或許參不透其中幾招，因而導致神功在時間的洪流中失落，這也不無可能，因此說洪七公自創九招，除可維持洪七公在武學上的重要地位外，亦能讓他與黃藥師及歐陽鋒兩位自創武功的絕頂高手匹敵。

然而，在新三版改版時，金庸必須針對《天龍八部》中「喬峰自殺死亡，當他在世時，『降龍十八掌』根本沒有傳人，為什麼『降龍十八掌』竟然沒有失傳，還能流傳到洪七公這一代？」的小說疏漏加以補白。

新三版的改版經過金庸周密的計劃，在改寫《天龍》之前，金庸必須先在更早改版的《射鵰》中補寫伏筆，因此新三版《射鵰》才會將「降龍十八掌」的來源改寫為原本是「降龍廿八掌」，經過喬峰與義弟虛竹討論後，去蕪存菁，才濃縮為這絕對精華的「降龍十八掌」。這麼一來，就能解釋為什麼喬峰逝世後，「降龍十八掌」仍繼續流傳世間，原來「降龍十八掌」的傳承不經喬峰，而是在喬峰去世後，由虛竹傳授新任的丐幫幫主。

既然「降龍十八掌」是喬峰與虛竹兩大高手共同參酌出來的精華，後代自然不宜隨意失落，也不宜再由後輩高人自行發明創作，補全失落的招數，因此在新三版中，連二版「創作降龍十八掌中的九掌」之功，金庸都不能留給洪七公了。倘若洪七公能創這九掌，他就是與喬峰、虛竹齊觀的絕頂高手，但洪七公的武功層次還不到此，故而他只能學習與傳承虛竹改良「降龍廿八掌」後，流傳後世的那十八掌。

在版本的變格中，我們看到金庸致力於完成自己的「江湖史」，而為了成就江湖的世代傳承，明明是小說創作中最早使用「降龍十八掌」，也是一版中「降龍十八掌」原創者的洪七公，亦只能退後三百步，成全喬峰，也成就金庸了。

第十二回還有一些修改：

一．黃蓉眼中的洪七公，二版是「比丘道長還小著幾歲」，新三版改成「比丘道長也大不了幾歲」。

二．關於丐幫幫主的信物，一、二版均作「打狗棒跟葫蘆」，但或許是考慮葫蘆乃個人食具，當做幫王傳承之物頗為奇怪，新三版將「葫蘆」刪了。

三．一版洪七公傳授黃蓉的「燕雙飛」，以及傳授穆念慈的「破玉拳」，二版一律改為「逍遙遊」。一版「破玉拳」的招式「石破天驚」與「開天闢地」，二版改為「逍遙遊」招式之「沿門托缽」、「見人伸手」與「四海遨遊」。或有可能是因「破玉拳」與《碧血》華山派的武功「破玉拳」同名，因此才更名。

四．一版洪七公的服裝是這樣：身上穿的衣服雖然東一塊西一塊打滿了補釘，但不論衣服本身或是所打的補釘都是嶄新的錦緞，猶如戲台上的乞兒衣一樣。這件有點詭異的洪七公服裝，二版改為：身上衣服東一塊西一塊的打滿了補釘，卻洗得乾乾淨淨。二版自然較為合理。

五．完顏康任欽使時所住的宅第，二版是蔣宅，新三版改為戴宅。

六．黃蓉的菜色，一版並沒有菜式名稱，二版增寫為「好逑湯」、「二十四橋明月夜」等名字，新三版另加說，「歲寒三友」這道菜，若只加雞湯，則可叫「松鶴延齡」。

七．黃蓉打穆念慈，一版是打她右腰「環跳穴」，二版改為「志室穴」。

獨家擁有黃蓉墨寶——第十三回〈五湖廢人〉版本回較

身為偶像的粉絲，為了擁有一張自己仰慕的作家、藝人或球員的簽名，可以漏夜排隊。從古至今的文人雅士們也不遑多讓，他們渴求名流高士的手澤墨寶，擁有手跡墨寶後，即可高懸廳堂，既能憑添雅氣，還能讓家院生輝。

一版黃蓉也曾為人下筆題字，而何人竟能有這般榮幸，獨家擁有這幅絕代美女黃蓉的親筆墨寶呢？

一版的故事是這樣的：黃蓉與郭靖到歸雲莊陸乘風府上時，見到書房掛的是「綺羅堆裡埋神劍，簫鼓聲中老客星」這對聯子，這原來是陸乘風的書藝。欣賞過陸乘風的筆法後，陸乘風請求黃蓉題字相贈。

黃蓉畫了一幅中年書生月明之夜於中庭佇立的畫像，畫中人即是黃藥師，而後黃蓉又在畫上題寫岳飛「小重山」詞一首，詞曰：「昨夜寒蛩不住鳴。驚回千里夢，已三更。起來獨子遶階行。人悄悄，簾外月朧明。白首為功名。舊山松竹老，阻歸程。欲將心事付瑤箏，知音少，弦斷有誰聽？」再加上題款「後學黃生敬作」。

這可不是電視劇中周迅、林依晨或李一桐等「黃蓉」的題字簽名，而是貨真價實的「正版黃蓉簽名」，獨家擁有者，就是陸乘風。

不過，陸乘風的擁有也僅只於一版，因為二版把這段故事「大合併」了。我們曾於第十回說過，「綺羅堆裡埋神劍，簫鼓聲中老客星」是清人吳綺的詩，為求符合歷史背景，凡一版出現這首詩之處，改寫為二版時，不是改掉就是刪掉。經過修改，二版陸乘風書房所掛置的書畫，畫上題詞即是陸乘風自題的岳飛「小重山」詞，黃蓉欣賞品評的也是陸乘風書寫此詞的筆勁。

至於黃蓉畫的黃藥師肖像與親筆題字，改版之後就消失了。

【王二指閒話】

金庸的改版過程是由連載的報紙版本改為書本的定稿版本，因此必須修改掉報紙連載逐日寫稿時，思慮不夠周密的敘述。然而，於作家來說，修改最難的功夫就是「捨棄」，因為所有的橋段均出自下筆時的靈感，寫作時也投注了情感，真要割捨任何一段，內心難免都有掙扎。

從創作的角度看，修改舊作時，「增寫」、「補寫」雖然也須費心思考，但較之「刪減」，

「增寫」並不須以「今日我的想法」去淘汰「昨日我的思維」。

金庸在改版時，當然也會遇到剪裁上取捨的難題，倘然原本創作的人物的確悖離史實、情節明顯前後矛盾，或故事離奇到偏離常軌，刪除就毫無疑慮。然而，每一段情節都是多重故事的組合，牽涉的不僅是單一人物，若是為了刪改不合理的人物或背景，必須連帶刪去或更動原先的相關創意，那對作者來說，就是腦力的考驗了。

每當面對這樣的難題，金庸慣用的修改手法就是「情節合併」，這個方法是以盡量不丟棄原創意為大前題，將原有的橋段「乾坤大挪移」。譬如我們曾在第一回說過，寫作一版時，金庸直接批評宋徽宗無恥，但這麼一來，小說中明白充斥著作者的「意識型態」，會傷及故事的純粹。因此在改寫為二版時，金庸先增寫「張十五說書」，再把原本批判徽欽二宗的一段創意「合併」到張十五的唱詞中。如此一來，不妥當的部份修掉了，原創意也沒有流失，這就是改版中的「合併」技巧。

「黃蓉作畫題字」這一段的改版也是用「合併」的手法，一版陸乘風所題「綺羅堆裡埋神劍，簫鼓聲中老客星」一聯是清人吳綺的詩，所以這段非刪改不可，然而，這段一經刪改，就必然牽動到隨後黃蓉作畫題詞的故事。

此外，改版還須考慮的是，黃蓉不是張翠山或朱子柳，在《射鵰》書中，黃蓉的特長是烹調、武術與出鬼點子的機伶腦袋，至於丹青翰墨技巧，她並不須要掠朱子柳或張翠山之美，因此無須特地描寫她作畫題字的故事。

在改版時，金庸既要刪除一版「綺羅堆裡埋神劍，簫鼓聲中老客星」一詩，還要修去黃蓉題詩一事，且要盡量保留這段故事的原創意，於是金庸將原本黃蓉所題的岳飛「小重山」一詞偷天換日為五湖廢人陸乘風手書，兩段情節遂「合併」成一段情節，那也就成了二版黃蓉見到陸乘風書房中掛著這幅「小重山」書畫的故事了。

第十三回還有一些修改：

一．完顏康扯斷綁縛他的繩索，二版是使用「九陰白骨爪」，新三版改為使用「摧心掌」。

二．陸乘風知大難將臨，贈金予郭黃二人當日後成婚賀禮，二版贈黃金四十兩，新三版加為五十兩。

三．二版陸乘風禮祝黃蓉日後成親，黃蓉問陸乘風：「你怎能知道我和他還沒成親？我不是跟他住在一間屋子裡嗎？」這段話顯出黃蓉的輕浮與缺乏禮教，新三版因此將這段問話刪除了。

四．陸冠英、郭靖等人稱呼假裘千仞，二版稱「太公」，新三版改稱呼為「老伯」。

五．陸冠英的師父，一版作「臨安府光孝寺枯木大師」（第十四回加上「法華宗」），二版改作「臨安府雲棲寺枯木大師」（第十四回加上「仙霞派」）。

六．欲殺楊康的石寨主，一版外號為「鐵背金鰲」，但「鐵背金鰲」亦是《碧血劍》中焦公禮的外號，二版因此改為「金頭鰲」。

七．穆念慈為楊康傳訊予梅超風，一版是至「藥王廟」，二版改為「土地廟」（或因與《笑傲江湖》的「藥王廟」同名而改名）。

八．一版郭靖在陸乘風與黃蓉品閱書畫時，見到書法，郭靖興致大振，覺得書法中銀鉤鐵劃，筆鋒勁力，有些地方竟然與劍法暗合，但這樣的郭靖也太「朱子柳」了！因為敘述不符合郭靖的性格，二版將之刪除。

九．穆念慈欲救楊康，進歸雲莊卻摸不著路，一版黃蓉推測關押楊康之位置是在西南角的「明夷」或「无妄」之位，二版改作離上震下的「噬嗑」之位。

十．陸乘風說他知道完顏康抓陸冠英小腿的手法，跟黑風雙煞是一路的，一版黃蓉的比喻是：「蘇東坡的字當然跟黃山谷不同，道君皇帝的畫，自然又與徐熙的兩樣。」二版改為「王獻之的字是王羲之教的，王羲之是跟衛夫人學的，衛夫人又是以鍾繇為師。」追本溯源，更切合以「九陰白骨爪」推出楊康的師承來歷。

梅超風撒撒嬌，黃藥師就原諒了她

——第十四回〈桃花島主〉版本回較

梅超風是竊經叛逃的桃花島逆徒，二版《射鵰》中說，黃藥師至中原尋得梅超風後，在瞎眼的梅超風身邊裝神弄鬼了一陣子，而後以三枚劇毒的「附骨針」，釘進梅超風的骨頭裡，在梅超風求生不得、求死不能之時，逼她完成以下三件事。

第一、梅超風弄丟了《九陰真經》，必須找回來還給他。在經書遺失的期間，凡是看過這本書的人，梅超風須得一個看過殺一個，一百個看過殺一百個。

第二、曲、陸、武、馮四個師兄弟，都是因為梅超風出走才被師父遷怒，遭受惡刑處罰，因此他們的殘疾並不是施罰者黃藥師的錯，而是梅超風的錯。梅超風必須找出四位師弟或其後嗣，送到歸雲莊安養，以贖其罪。

第三、梅超風未經師父同意，擅自練《九陰真經》的武功，所以完成前述兩件事後，必須自斷雙手。（在二版第二十六回中，梅超風重傷將死前，當真用右手將左腕折斷，再將右手猛力在石礎上擊落，造成手骨斷裂，確實自斷雙手向黃藥師賠罪。）

這三支附骨針真比天山童姥的「生死符」還殘忍，黃藥師對待逆徒的暴虐與殘苛，只怕連天山童姥都得甘拜下風。梅超風是黃藥師的昔日愛徒，當愛徒背叛後，自詡不守禮教的黃藥師彷彿在虐待不共戴天的仇人一般，竟然逼迫她自斷雙手，滿足他為人師者的報復快感。

新三版將這段故事進行大翻修，新的情節是，黃藥師與梅超風重逢，梅超風向憤怒的黃藥師撒嬌地叫幾聲「師父」後，黃藥師隨即念起舊情而心軟，也就原諒了她。

黃藥師告訴梅超風，他不希望梅超風夫妻練《九陰真經》，那是出於師父疼愛弟子的心意，因為讀過《九陰真經》上卷的人都知道，《九陰真經》下卷前面所寫的「九陰白骨爪」、「摧心掌」……等武功，是「用來給人破解的」，然而，梅超風夫妻偷走的是下卷，讀到的也只是下卷，因此只會練到一些無用的功夫。

新三版黃藥師不再暴虐殘苛，他搖身一變，成了春風化雨的慈祥好老師。

為了重塑黃藥師慈愛明師的新形象，金庸在新三版增寫了《九陰真經》的解說，原來此書必須由上卷到下卷循序漸進地讀，若是自作聰明，冒然由下卷讀起，就將陷入危機而不自知。

說來為了安全起見，擁有《九陰真經》的高人俠士，最好將上下卷一齊裝訂，合成「上下卷合訂本」，以免不知者誤中陷阱，誤入歧途！

【王二指間話】

新三版《射鵰》中，金庸花最多心神打造的人物，既不是郭靖或黃蓉，也不是引起一時喧嘩的梅超風，而是東邪黃藥師。

一、二版黃藥師跟新三版黃藥師，若由人格細究，根本是不同的兩個人。

黃藥師號稱「東邪」，金庸即在這「邪」字上下功夫。

二版黃藥師「邪」，所謂邪，指的是「邪惡」。

二版黃藥師是邪惡的虐徒之師，陳玄風與梅超風兩個弟子偷走《九陰真經》後，他的爆怒無處宣洩，竟轉嫁遷怒到其他無辜弟子身上，痛下毒手，打斷他們的腿，造成他們終生殘疾。

後來他找到梅超風，又馬上施展神功，耍起流氓手段，威迫梅超風必須當殺人狂，而且還要斷雙手自殘，以滿足他的變態快感。

修訂新三版時，金庸對黃藥師的人格進行大改造，改寫的手法，乃是抓著「邪」字下功夫。

新三版黃藥師也「邪」，但他的「邪」，並非「邪惡」，而是「邪門」。

我們在第十回談過，新三版對「黃老邪」的「邪」字，做了詳細的來源解說，原來黃藥師雖然是國家律法所難及的武林高手，卻對大宋皇室有著深刻的憤恨，他常常非聖議祖，謗罵朝廷，並攻擊朝廷偏安江左，不圖北蕩金國。

因為黃藥師性喜非議朝廷，所以被稱為「邪怪大俠」。

儘管不滿朝廷的大政方針，因而被稱為「邪怪大俠」，但是在教徒授武之事上，新三版的黃藥師卻由二版對弟子惡意虐罰的師父，蛻變成春風化雨，慈愛體貼的良師，這樣的黃藥師武術既強，人格亦能折服諸弟子。

對於門下六弟子，新三版黃藥師完全不見了「邪」，只存在著「愛」。

「邪」字本有兩種解釋，第一種是「不正當」，如「邪念」、「邪心」、「邪惡」，第二種是「奇怪、異於正常的」，如「邪事」、「邪門」、「邪魔」。金庸改版的巧思即在這個「邪」字，重新塑造黃藥師，他依然是「東邪」、「黃老邪」，但金庸卻把此「邪」化成彼「邪」，從「邪惡的黃老邪」變身「邪門的邪怪大俠」，黃藥師因此脫胎換骨，成為全新形象的「東邪」。

第十四回還有一些修改：

一．一版黃藥師授予陸乘風的「掃葉腿」，二版改為「旋風掃葉腿」。

二．一版黃蓉跟假裘千仞過招，是以「蘭花拂穴手」抓假裘千仞的「神堂穴」，二版改為「神道穴」。

三．黃蓉假意打郭靖來討好黃藥師，一版使的是「落英掌」的「梅花點點」這招，二版改為「落英神劍掌」的「雨急風狂」一招。

四．降龍十八掌的招式更名：一版「六龍御天」，二版改為「龍戰於野」（一版「時乘六龍」於二版亦有部份改「龍戰於野」，另因二版或用「龍戰於野」，或用「戰龍在野」，新三版統一為「龍戰於野」）；一版「入於幽谷」，二版改「鴻漸於陸」；一版「雷動萬物」，二版改「震驚百里」。（第十五回另有：一版「魚躍於淵」，二版改「見龍在田」；第二十二回另有，二版「魚躍在淵」，新三版改「或躍在淵」；第二十八回另有：一版「天蠖之屈」，二版改「密雲不雨」，一版「龍蛇之蟄」，二版改「損則有孚」；第二十九回另有：一版「雙龍搶珠」，二版改「履霜冰至」；第三十五回另有：一版「雲龍三現」，二版改「羝羊觸藩」。）經過改版修訂之後，新三版「降龍十八掌」招式名，全部均取材自易經原文。

五．郭靖與梅超風交手，一版用降龍十八掌第十二掌「時乘六龍」，二版改為第十一掌「突如其來」。

六．新三版增寫陸乘風回憶桃花島授業時光，憶及梅超風時，想法是「對這位師姊雖無情愛之想，卻也不禁暗慕。」這一來，美女梅超風在桃花島，上至師父，下至師兄弟，幾乎全數「通吃」了。

郭靖自創三招沒用的「降龍十八掌」
——第十五回〈神龍擺尾〉版本回較

洪七公傳授郭靖「降龍十八掌」，起初為了避免增添「師徒頭銜」的關係負擔，堅持只傳授郭靖「降龍十八缺三掌」，也就是只傳了十五掌。

後來郭靖跟歐陽克對打，郭靖只會這十五掌，照著順序打一回，再逆著順序打一輪，招式重覆使用，用過所有招式後，在招式不夠用之時，他發現自己肩後、左胯、右腰尚有空隙，於是舉一反三，以原學的十五招為基礎，針對空隙之處，創作出三招，補全了「降龍十八」之數。

關於郭靖創作的這三掌，一版說是「走對了路子」，只是因為「一來未曾習練，威力不足，二來究竟只是粗具雛型，未臻精微之境。」故而無法自如運用，但總而言之，郭靖這三掌掌路是對的，只差練習與修飾。

二版則經由改寫，矮化了郭靖自創的這三招，先是說「這三掌畢竟管不了用。」接著又形容這三招是「狗急跳牆，胡亂湊乎出來的三記笨招。」書中的考語極為鄙視郭靖自創的這三招。

郭靖在一版裡學而精，擁有自行創作武功招式的智慧，二版剝奪了郭靖的創作能力，將他改成跟覺遠一樣，只是「鸚鵡型」的學者，二版的郭靖唯能照本宣科，無法再自出機杼，創作武功了。

【王二指閒話】

郭靖有沒有可能自己創作三招掌法呢？照理說應該是可以的。

這與文學的道理相通，古人說：「熟讀唐詩三百首，不會寫詩也會吟。」苦心學習後，觸類旁通，學以致用，有資質又肯用功的學子大多能在熟習古文古詩後下筆創作。

郭靖學習「降龍十八掌」經歷了一些時日，習練亦相當認真，臨敵時，福至心靈，針對自己的罩門，即興「創作」三掌以御敵，說來也是在情理之內。

倘使郭靖在學習武功之後，臨敵時竟只能照本宣科，一招一式照師父的教導比劃，完全不知變通或更動，也無法針對敵人的招術變化自己的功夫來增強攻敵與自衛的能力，那麼，他只是個學武的獃子。如此的郭靖只要有人能摸清楚他的武功路數，一定有辦法擊敗他，這麼一來，他又怎麼可能成為第二代五絕之一的「北俠」呢？

同屬個性憨直的虛竹，在身擁無崖子內力之後，還能與蕭峰共同參詳「降龍廿八掌」，將之去蕪存菁為「降龍十八掌」，武林地位不弱於虛竹的郭靖，學武豈能只是鸚鵡學舌，完全不知變通或創作？

或許金庸是要將郭靖那「獃頭獃腦」的性格在全書情節中一以貫之，又或者是想彰顯降龍十八掌的精妙之處絕不可能由郭靖的智力自行參悟，但郭靖畢竟是一代大俠，而不是藏身少林寺的覺遠，他總得臨敵，也必然在實戰中領悟更能擊敗對方與自我防衛的高招，因此郭靖創作三招「降龍十八掌」並不為過。

或者金庸想維持郭靖的性格一貫，也想捍衛「降龍十八掌」的崇高地位，但為此而貶低郭靖的智慧卻是沒有必要的。

第十五回還有一些修改：

一．丐幫的黎生，一版外號「降龍手」，二版改為「江東蛇王」，一版的他統率「兩湖兩浙群丐」，二版改為「兩浙群丐」，新三版再改為「淮南東西路群丐」。至於黎生打歐陽克的武術，一版是「破玉拳」的「相如護璧」與「和氏獻璞」兩招，二版改為「逍遙拳」的「飯來伸手」一招。

二．歐陽克的摺扇，一版題名「白駝山主」，二版改為「白駝山少主」。

三．一版歐陽克的「金蛇拳」，因「金蛇」兩字可能會與《碧血劍》中的金蛇郎君產生聯想，二版改作「靈蛇拳」。

四．黃蓉與歐陽克交手，一版使用洪七公所授「破玉拳」與「飛絮掌」，二版改為除用洪七公教的「逍遙拳」外，主要還是使用家傳的「落英神劍掌」。

九陰真經的作者從達摩變成了黃裳

——第十六回〈九陰真經〉版本回較

金庸小說膾炙人口，讀者遠及海內外，而《射鵰英雄傳》中的第一武術奇書《九陰真經》，與《笑傲江湖》中的《葵花寶典》兩部經書，幾乎已經變成讀者心中「秘笈」的代名詞。《九陰真經》這部曠世秘笈究竟出自何人之手呢？關於《九陰真經》的作者，一版《射鵰》與二版《射鵰》是完全不同的。

在一版《射鵰》中，談起《九陰真經》的來源，老頑童說是「達摩祖師東來，與中土武士較技，互有勝負，面壁九年，這才參透了武學的精奧，寫下這部書來。」一版《射鵰》裡，《九陰真經》的作者是達摩，原來達摩不只是禪宗始祖，還是獨步中土的武術專家，寫下的武功秘笈更是武學中的登峰造極之作。

達摩出身天竺，因此一版《射鵰》中的《九陰真經》是外國人的作品。

二版《射鵰》將《九陰真經》的來源做了改頭換面的大翻修，作者則從達摩變成了黃裳。

關於黃裳著書的過程，二版增寫了一大段篇幅。這段故事說，黃裳奉宋徽宗之命雕版印刷五千四百八十一卷的《萬壽道藏》，在編纂過程中，字字句句細讀校對的他，竟在深入道教經典後，自習內外功，成為一代武功高手。

習武有成之後，黃裳搖身一變，成為領兵軍官，並帶兵勦滅「明教」教徒，然而，官兵不比明教教眾驍勇，黃裳因此輸得一敗塗地。

兵敗之後，黃裳隻身去找明教高手對決，還殺了幾位明教高人，明教教徒憤而報復，竟將黃裳一家老小殺得乾乾淨淨。

悲憤之餘，黃裳到山上閉關苦參武功，準備來日下山報仇，而後，黃裳日思夜想，耗了四十多年的光陰，參出絕世武功，然而，在荏苒的時光裡，仇人早都已經老死殆盡了。

晚年的黃裳將畢生武學菁華寫成秘笈，那就是這部《九陰真經》。

二版這麼一改，《九陰真經》就變成了道地的本土著作。

從一版到二版，《九陰真經》的作者由天竺人達摩變成宋人黃裳，卻無法改得完全天衣無縫，修改的殘跡就在「哈虎文缽英」這段梵文中。

一版對「哈虎文缽英」這段梵語經文的解釋是，因為達摩本為天竺僧人，梵語即是他的母語，因此「他用漢字寫了這部《九陰真經》，但經文的主旨、總綱卻用梵文書寫。」這段說明順理成章，毫無疑義。

然而，二版將《九陰真經》的作者改為宋人黃裳，這段梵文卻無法隨達摩的被改寫而一併刪除，因為若要刪除這段，必然牽動故事的推骨牌連環大改寫，故而這段梵語經文仍然保留在二版《射鵰》中。

既然保留了這段梵文，就必須有一套相應的解釋，二版的增寫說明是，黃裳不僅讀遍道藏，還精通內典，識得梵文，因此在寫就《九陰真經》後，為了避免此經落入歹人手中，他特別將真經總旨以梵文寫就。

這樣的解釋似乎頗為牽強，因為黃裳已經用了這麼多心血研究中文的道教典籍，為什麼還有如此的餘裕，可以鑽研內典佛經，更進而學習梵文呢？

然而，小說的原則是，只要能說服讀者，就算「情理之內」，順著金庸的說法，我們就當黃裳博學多聞，精通佛道兩教，亦同時擅長中文梵語兩種語言了。

而黃裳閱讀道教典籍變成武功高手的故事，還讓我們聯想到，讀者們多將閱讀武俠小說稱為「練功」，彷彿讀小說就能讀出一身武功來，依黃裳的經驗，我們會發現，原來此言不虛，抱著書本「練功」，或許真能練出一套神功來。

【王二指閒話】

《九陰真經》的作者由一版的達摩改成二版的黃裳，最主要的原因就在於「九陰」兩個字。陰陽之數是道家的用語，但達摩是佛教的高僧，除非編派達摩來到中土後，亦入境隨俗攻讀道藏，否則，將《九陰真經》改為是道教研究者的著作，是比原本設定由達摩寫就更為妥當的。

當然，若非以達摩為作者不可，也可以更動《九陰真經》的書名，譬如《一葦真經》等等，然而，在《九陰真經》與達摩之間，金庸的取捨是非常明確的。

在金庸心中，《九陰真經》與達摩的重量根本是大象與螞蟻之別，隨著報紙連載，《九陰真經》已深入讀者心中，但作者達摩卻沒有相對的顯赫地位，因此，當「九陰」一詞與達摩的佛教出身相扞格時，究竟是要更換書名來配合達摩？還是要更換作者來迎合「九陰」？金庸選擇了後者，將達摩換成了黃裳。

不過，以金庸一貫的改版巧思，即使本意只是要將《九陰真經》的創作者由達摩改為黃裳，在改寫故事時，金庸也會藉由情節的增添來達成其他附帶目的。

在二版增寫的這一大段黃裳故事裡，金庸至少又達成兩種效果。

一、將「明教」引進到《射鵰》中：明教是《倚天屠龍記》中的天下第一教派，但明教又不是孫悟空，元朝末年才從石頭中蹦出來，它應該有個發展的脈絡才是，而增寫這段黃裳故事，就可以連帶補寫伏筆，原來明教早在南宋時就已經高手如雲。又因為明教提早於南宋的江湖登場，金庸的「江湖史」因此更為完整，《射鵰》與《倚天》二書也能就此扣接，連續得更緊密。

二、傳達「武功再強仍難免一死」的觀念：二版是金庸中年之後的改寫，與寫一版時的青年時代相較，金庸顯然對「人生」有了更深刻的感受。在二版中，他透過周伯通之口告訴大家，即使武功再好、修為再高，都不可能跳脫生命那場「誰也逃不過的瘟疫」。金庸要讀者們明白，無關武功高低，「死亡」是人人公平的大結局。

經過二版的增刪改寫，金庸既解決了《九陰真經》關於陰陽的問題，也順道扣接起一版連載於報紙之時，聯繫不夠緊密的《射鵰》與《倚天》二書，並且還增添了一些對人生況味的感想，這就是金庸改版的巧思。

第十六回還有一些修改：

一．蒙古人稱呼拖雷，二版稱「四王爺」，新三版改稱「四王子」。

二．郭靖跟周伯通的結拜誓詞，一版是「弟子周伯通，今日與郭靖義結金蘭，日後有福同享，有難同當。若有違此盟誓，天厭之，天厭之。」郭靖照著念，但「天厭之，天厭之」也太文謅謅了，二版改為「如若違此盟誓，教我武功全失，連小狗小貓也打不過。」郭靖仍照著唸，新三版則將郭靖改得較幽默，除誓詞的前段照唸外，郭靖把「連小狗小貓也打不過」這句改為「連小老鼠小烏龜也打不過」，以投周伯通之所好。

陳玄風在胸前刺下全本《九陰真經》下卷
——第十七回〈雙守互搏〉版本回較

第十回說過一、二版陳玄風胸前毫雕刺青下卷《九陰真經》的情節，這段故事因「合理性」而一直備受爭議，爭議的重點不外是胸前的體表面積能有多大？怎麼可能刺青數千字？

為了泯除爭議，金庸在新三版將「九陰真經紋身」的故事改換掉，新三版的陳玄風沒有刺青，而是手擁《九陰真經》下卷抄本，並在死前將抄本交給了梅超風。

然而，改版豈能這般簡單？為了幫陳玄風消除「刺青」，金庸煞費苦心，修改了陳玄風刺青，就影響了隨後的許多情節，如葡萄串般被牽聯的人物包括梅超風、黃藥師夫妻、周伯通、郭靖等等，其相關故事都必須隨之進行「推骨牌」式的大修訂。

先說二版此回的故事，簡而言之，這段情節是：王重陽仙逝之後，周伯通帶著《九陰真經》下卷外出，途中遇到黃藥師夫妻，並被這對夫妻聯手將《九陰真經》下卷騙過手，黃夫人接著默背下整本經書，再騙周伯通說這本經書根本只是算命書。周伯通氣得又撕又燒，把《九陰真經》下卷火焚得屍骨無存。

而後，黃夫人為黃藥師默寫出一部《九陰真經》下卷，卻不料這部抄本又被陳玄風夫妻偷走。

為了讓黃藥師再度擁有這部書，黃夫人忍著辛苦，進行第二次默寫，卻在還沒寫完時就香消玉殞了。

而偷走抄本的陳玄風，為了怕他的抄本再被偷，竟將經書全卷刺青於胸前，而後毀了該部抄本。

故事再接到周伯通這頭，周伯通知道黃藥師夫妻訛騙他之後，帶著《九陰真經》上卷到桃花島找黃藥師理論，卻因武功不如黃藥師，被囚禁於山洞中，黃藥師逼他交出《九陰真經》上卷以祭奠黃夫人，周伯通抵死不從。

陳玄風後來意外被郭靖刺死，梅超風即割下陳玄風胸前那塊刺有《九陰真經》下卷的人皮隨身攜帶，而後這塊人皮又被朱聰無意中偷走，並陰錯陽差轉至郭靖手上。

接著，郭靖來到桃花島，還巧遇了周伯通，周伯通從郭靖手中見到人皮上的《九陰真經》下卷，於是《九陰真經》在此拼湊成了上下卷全本，周伯通還騙得郭靖將《九陰真經》全本背了個精熟。

這就是二版的故事。

新三版因為改寫了陳玄風將《九陰真經》刺青在胸前的故事，使得此回的情節也隨之做了修改，略說如下：

新三版王重陽駕鶴西歸後，周伯通帶著全本《九陰真經》外出，巧遇黃藥師夫妻，黃氏夫妻騙得周伯通借閱《九陰真經》後，黃夫人默背下《九陰真經》全本，再騙周伯通那是占卜書，周伯通一氣之下，撕毀了《九陰真經》的「封面」洩恨。

而後，梅超風夫妻在離開桃花島前，竊取了《九陰真經》抄錄本下卷。為了黃藥師，黃夫人忍苦再默寫了一遍，卻在事未竟功前一命歸西。

陳玄風珍藏著《九陰真經》下卷，後來他被郭靖刺中要害，逝前將《九陰真經》下卷交給了愛妻梅超風，梅超風則完璧歸趙送還給了黃藥師。

周伯通知道黃藥師夫妻誆騙他後，帶著全本《九陰真經》到桃花島討公道，卻因技不如人，而被囚禁於山洞中，黃藥師逼他交出《九陰真經》下卷以燒祭亡妻，但周伯通不從。

再之後，郭靖誤入此洞與周伯通結拜，周伯通則頑皮地讓郭靖在不知不覺中習得全本《九陰真經》。

新三版另增寫了一段情節說，歐陽克與郭靖同時前來向黃藥師求親時，黃藥師以背誦《九陰真經》來考較兩人的記憶力，比試間黃藥師無意中見到梅超風在《九陰真經》下卷裡寫下的幾行心情，她寫著：「師父、師父，你快殺了我，我對你不起，我要死在你手裡，師父，師父。」

而後黃藥師發現郭靖早已熟背《九陰真經》，卻判斷他並不是因為翻看梅超風的《九陰真經》才背得精熟，依據的即是郭靖背的內容並沒有梅超風寫的這幾句話（以郭靖那頗像覺遠的資質，若是背梅超風這本，應該會連這些不相關的字都背進去。）

二版到新三版的差異大約如此，相關橋段雜散在《射鵰》一書不同章回中，但金庸逐回把這些段落都修訂了。

經過金庸的修訂，陳玄風《九陰真經》刺青的情節被刪除，故事變得合理了，理當也不會再有找碴的讀者用數學公式精算胸前究竟刻多少字才算「不離譜」。但陳玄風除青後，日後金庸武俠若要賣周邊商品，原本可以上架的「九陰真經胸前紋身貼紙」，就因此無法販售了。

【王二指閒話】

配合香港回歸十週年，中國記者在二〇〇六年採訪金庸，錄製了「走近金庸」訪談節目。金庸聊起小說創作，認為小說情節最好是「情理之中，意料之外」。

若按金庸的小說邏輯，陳玄風刺青究竟算不算「情理之外」？又是不是真的非修改不可呢？小說並不能事事都用大眾或科學的標準來評論合理不合理，譬如哈利波特通過九又四分之三月台，這樣合理嗎？又譬如一頭獅子領導四個孩子重建納尼亞王國，這樣又合理嗎？或許大家會覺得，這些情節定位在「奇幻小說」之中，因此就算合理，那麼，匪夷所思的幻想情節出現在武俠小說中，究竟合理不合理呢？

或許有些讀者們會說，武俠小說畢竟不是奇幻小說，情節必須符合現實，那麼，我們再由古典小說來看，《三國演義》「關公溫酒斬華雄」一節，關羽出馬斬殺敵軍一員大將華雄，在天寒地凍的北方，所用的時間竟然連一杯溫酒變涼的時間都不到，這樣合理嗎？此外，《水滸傳》中，魯智深可以使其蠻力倒拔垂楊柳，這樣合理嗎？

倘使小說只是力求「以眾人之合理為合理」，那就會失去想像與趣味，設想羅貫中若改版，將關公斬華雄的故事改為華雄被斬後，那杯溫酒早就變成涼酒，又或是施耐庵改版，將魯智深倒拔垂楊柳修為魯智深倒拔盆栽小樹，這麼一來，一切似乎就都合理，也符合科學的計算了，本來一場生死之戰，「照理」就不可能那麼快，此外，一個人縱使肌肉再發達，「照理」也不可能力氣如此大。

然而，「合理化」之後，我們反而要思考另一個問題：「這樣的情節會更好看嗎？」所謂的「合理」，因為每一個人見識的不同，說來也並無統一的標準，見識寬的人，覺得天下之事無不可能，也都「合理」；見識窄的人，只要超出他的認知框框，他都覺得荒誕離譜，也都算「不合理」。

以小說的創作角度來看，陳玄風胸前刺青的故事應該還屬「情理之中」，畢竟這也不是絕對不可能，也許這麼寫會被一部份讀者認為「不合理」，但是，這麼創作故事，張力比較強，比較好看，也比較吸引人。陳玄風是武林高手，異人而有異行，將《九陰真經》刺在身上，也屬驚世駭俗的行為。

這麼奇特的描寫，改版刪掉實在有些可惜，當然，這樣的觀點是見仁見智的。

幸而目前市面上的金庸作品是二版跟新三版並陳，因此，是合理比較重要？亦或好看比較重要？合理與好看之間孰輕孰重？讀者們儘可在陳玄風刺青這段刪修中，比較二版與新三版，找到自己心中的答案。

第十七回還有一些修改：

一．周伯通對郭靖試「空明拳」，一版用了一招「林下振衣」，二版刪了此招。

二．郭靖在竹筒上刻情話送給黃蓉，一版刻的是「生則同室，死則同穴」，但對讀書不多的郭靖來說，這八個字未免太文言了，二版改為刻「一起活，一起死」六字。

三．一版周伯通被囚禁山洞中，洞口有幾條絲線，可見周伯通吃喝拉撒都在洞中。二版則改為周伯通大小便會出洞外，這樣比較衛生，也比較合理，否則山洞中累積了十五年的老頑童屎尿，也未免太可怖了。

四．二版的「九陰神抓」，新三版更名為「摧堅神抓」。

五．新三版中，金庸對周伯通兩手互搏的「分身出擊」大大加料，先是加上比喻，說「雙手互搏之術」：「好比吃飯，左手拿碗，右手拿筷，兩隻手動作不同，但配合了吃飯。」而「分身出擊」雖可雙手各用一套武功，人的內力卻只有一套，新三版因此增寫周伯通對雙手互搏缺點的看法：「身上內力分在兩手，每隻手還不到一半。」於是周伯通調整練功之法為「出掌發拳，力道極慢。」因為如此「內力便能自左至右、自右至左的流轉。」繼「降龍十八掌」、《九陰真經》之後，新三版《射鵰》也把「分身出擊」的功法寫得更完善。

歐陽鋒的求親禮品是「通犀地龍丸」
——第十八回〈三道試題〉版本回較

黃藥師「吾家有女初長成」，偏偏不僅不是「養在深閨人未識」，還曾以絕代美女的姿色，隻身闖蕩過一回江湖，並在其間吸引了愛慕者。

愛慕者可不是無名之輩，而是來自白駝山的西毒姪兒歐陽克，這匹好色之狼東來中原後，亦曾意圖染指穆念慈與程遙迦，幸而犯行均未得逞。

已經三十五六歲，即將邁入不惑之年的歐陽克，見到年方十五六歲的黃蓉後，驚為天人，垂涎三尺，決定央請叔叔歐陽鋒至桃花島求親，締結良緣。

歐陽鋒是一代宗師，自不能跟乞丐頭子洪七公一樣，兩手空空就前往桃花島，而既以「求親」為目的，當然得為未來姪媳挑樣見面禮。

一代名宿歐陽鋒求親時究竟送的是什麼呢？一版他送給黃蓉的是「四顆龍眼大小的明珠，放出柔和的光芒，真是罕見的珍物」。

女孩大多喜歡珠寶，而這四顆明珠的魅力，連郭靖看了都「心中『怦怦』而跳」，擔心黃蓉真的被明珠打動了芳心，收下禮物，答應求親。

結果，一版黃蓉不為明珠所動，她假意收下禮物，卻想執出一手金針射倒歐陽克。

關於歐陽鋒的求親之禮，二版做了修改，二版歐陽鋒不送明珠了，改送獨門靈藥，他送未來姪媳的見面禮是他白駝山獨門煉製的「通犀地龍丸」。

「通犀地龍丸」得自西域異獸之體，並經歐陽鋒配以藥材製煉，配在身上，百毒不侵，完全不必害怕白駝山的毒蛇毒蟲，而且絕無僅有，世上就只有這麼一顆。

既然送的是一顆藥丸，連郭靖看了都不再心驚膽跳。不過，西毒歐陽鋒確實發揮了江湖人士獨有的幽默，送禮討未來姪媳歡心，想讓她感動下嫁，不送明珠，改送藥丸，他真的相信黃蓉會被「藥丸」打動嗎？

【王二指閒話】

送禮是一門大學問，除了考慮收禮人的地位，送禮的人也得估量一下自己的身份，收送兩造，都能恰如其份，這才是送禮的藝術。

禮品不在於「珍貴」，而在於能送到對方的心崁上，因此「投對方之所好」才是最好的禮品。高明的送禮者銀子花在刀口上，送的禮物總能讓收禮的人反覆玩味再三。《笑傲江湖》的向問天跟梅莊四友打賭時，即是針對對方之癖好，獻出「廣陵散」、「嘔血譜」、「率意帖」、「溪山行旅圖」給喜歡琴、棋、書、畫的四位莊主，這份重禮既滿足對方喜好，又顧及自己身份，將送禮的藝術發揮到極致。

在「武林」這個奠基於現實世界，卻又飄逸於塵世之上的獨立社會，送禮時究竟要如何挑禮物，才能符合「江湖」的品味？尤其是一代宗師級的人物，到底應該怎麼挑禮物，才能顧及其身份呢？武林絕頂高手送出的禮物，理當是特殊的兵器、絕世的武功經譜、或療傷健體的藥材，才能符合大宗師的身份。

進行改版之時，金庸必然也考慮到，名列天下五絕之一的歐陽鋒怎麼能以「明珠」來當求親之禮呢？明珠雖好，卻只是俗世之人喜愛的珠寶，放進武林中，就顯得有些俗不可耐，況且黃藥師家裡什麼奇珍異寶沒有，歐陽鋒何須送一件黃藥師自己也可以訪求購買得到的名貴珠寶呢？若是送一顆「通犀地龍丸」，就顯得既特別又絕無僅有，將這顆丸藥配戴在身上，行走江湖時可以防毒，尤其能防白駝山上的毒蛇毒蟲，這是獨屬於「西毒」的珍禮，也是迎娶黃蓉到白駝山的最大誠意展現。

黃蓉喜不喜歡這顆藥丸並不是求親的重點，因為西毒求親，只要能讓東邪點頭，那就「佳偶天成」了。至於「通犀地龍丸」能不能打動黃蓉的芳心，那並不打緊，只要黃藥師歡喜，這樁求親行動就勝利在望了。

第十八回還有一些修改：

一．黃藥師考較女婿的第一道考題，是讓郭靖、歐陽克過招，一版雙方交手之處是在「竹枝」上，二版改為在「松樹」上。（一版的場景讓人想起李安的電影「臥虎藏龍」。）

二．黃藥師的簫曲，一版名為「天魔舞曲」，二版改為「碧海潮生曲」。

三．郭靖與歐陽克過招，一版使的是「神龍擺尾」與「亢龍有悔」兩招，二版改為「鴻漸於陸」與「亢龍有悔」兩招。

四．桃花島景點，二版的「積翠亭」，新三版改作「試劍亭」。

五．二版郭靖見到歐陽鋒的蛇隊，由青蛇、金蛇到黑蛇陸續經過，浩浩蕩蕩，極其壯觀。新三版則為求符合科學解釋，將之整段刪除了。

六．新三版將歐陽鋒的出身寫實了，較二版增寫他「高鼻深目、臉上鬚毛棕黃，似非中土人氏。」

七．新三版也將黃藥師的人格說得更明白，增寫黃藥師「雖倜儻飄逸，於這『名』字瞧得過重，未免有礙」。

八．蛤蟆功的功法內容也在新三版做了補白，新三版較二版增寫「原來蛤蟆冬眠之期極久，在土中隱藏多時，蓄積體力，一出土便精神百倍。歐陽鋒所練蛤蟆功主旨與此相仿，平時練功，長期蓄力，臨敵時一鼓使出。又月中蟾蜍，俗稱蛤蟆，此功於夜中對著月亮黑影而練，故有此稱。」

歐陽鋒養的蛇怕的竟然是尿

——第十九回〈洪濤羣鯊〉、第二十回〈九陰假經〉版本回較

白駝山山主「西毒」歐陽鋒不只是武學大師，還是毒蛇專家，尤其擅長提煉蛇毒，他那一手用蛇毒殺滅群鯊，導致海洋食物鍊重組的毒術，著實令人瞠目結舌。

經過嚴格的配種，歐陽鋒培育出的毒蛇自當是「天下第一毒蛇」，然而，這種毒蛇難道世間當真無物可剋嗎？

說來歐陽鋒的毒蛇還是有罩門的，且先看二版的相關描述。

話說洪七公與郭靖迫不得已，上了歐陽鋒的大船，卻又不願默寫一本《九陰真經》給歐陽鋒，憤怒的歐陽鋒放出他的大群蝮蛇攻擊洪七公師徒。洪七公使出「滿天花雨射金針」，也揮舞了打狗棒，蝮蛇仍前仆後繼，如潮水般擁來，逼得洪七公師徒二人只好往船的桅桿上登高去避難。

兩人處身桅桿上，想到歐陽鋒就怒火中燒，決定灑泡尿報復，於是兩人的小便就由桅桿上凌空灑了下來。

歐陽鋒父子不想被這對師徒的尿液灑到，歐陽鋒跳開了，歐陽克的臉上則被濺到幾滴，此刻的他才又想到：「我們的蛇兒怕尿。」

果不其然，一群蝮蛇因為天性害怕人獸糞尿，被洪七公師徒熱尿所淋後，亂翻亂滾，張口互咬，好不悽慘！

二版這段情節當真不可思議，原來歐陽鋒的蛇竟為人獸糞尿所剋，那麼，莫非白駝山的蛇園派有專人隨時打掃、隨地清潔？否則自然界有哪隻蛇是自個兒沒有屎尿的？若是碰到屎尿就發狂，這些蛇早該被自己的大小便搞瘋了。

新三版將這段情節加以修改，在新三版中，洪七公雖也自桅桿上灑尿，但可沒二版那麼好運，他的尿液並沒法消滅掉這群毒蛇。

後來洪七公撕下帆布，點成火團丟下，下頭數十條蝮蛇被火燒到，這才因痛而亂翻滾又互咬！

較之二版，新三版的毒蛇才符合動物的自然天性。

蛇怕什麼？蛇怕雄黃、怕酒精、怕火、怕煙、怕天敵，但蛇怕不怕尿？或者有可能是怕的，傳說蛇怕獴的尿，獴灑泡尿，就能把蛇嚇走。然而，這只像人們見到屎尿會掩鼻而走，並不能說獴的尿會造成蛇的心神錯亂，不過，不管蛇怕不怕獴的尿，蛇就是不怕人的尿。

然而，在第十八回我們說過，小說中的「好看」往往比「合理」重要，如果洪七公意外發現人尿可以整治蛇，那自然比「火攻」更有故事性。

金庸亦曾說過，小說的原則為「情理之中，意料之外」，而「火」應該是很多人也能想得到的「意料之內」，其創意感當然比「尿」薄弱。

但總不能為了追求「意料之外」，就把情節置諸「情理之外」吧？譬如編派蝮蛇害怕屎尿，那就是「情理之外」，倘使蝮蛇對人獸的屎尿都怕，只怕牠生平第一次屎尿，或第一次排便，就已經中毒身亡了。

撇開蝮蛇不談，我們純粹討論小說創作，說來小說家創作長篇小說時，不可能連細節都在最起始的腹稿中沙盤推演得一清二楚，因此創造小說時，往往都必須「且戰且走」，邊走邊想，一邊往前推故事，一邊把細節構思得更細微，因此，許多情節都是在「故事已經發生到這裡了」，才必須以相對應的情節解套。

金庸的武俠小說首次創作時，是在報紙上連載，而每天撰寫幾千字交稿的創作模式鐵定必須邊寫邊構思，又因交稿時間緊迫，勢必要在短暫的時間內構思情節，使得小說得以順利地開展下去。

這段洪七公在桅桿上整治蝮蛇的故事，很可能就是金庸創作上的「即興創意」，當小說走筆至此時，被困在桅桿上的洪七公金針射完了，接下來總不能叫他師徒一個丟打狗棒，一個丟金刀吧？但不管如何，金庸都必須馬上幫這對束手無策的師徒解套，然而，這一刻師徒倆的身上還能有什麼武器呢？

思前想後，只怕也只有最天然的生理武器，也就是那泡尿了吧？

對蛇展開尿攻，雖是急中生智的創意，也饒具趣味性，但編派蝮蛇最怕的正好就是屎尿，卻又犯了動物學上的矛盾，這或許讓講究「合理原則」的金庸覺得無法自圓其說，因此決定進行刪改，那也就是新三版由「尿攻」變成「火攻」的原因了。

以「尿攻」比之「火攻」，一、二版攻蛇的洪七公那泡尿確實饒富創意，但卻無法說服讀者，蝮蛇怎能恐懼動物的屎尿；然而，新三版改為「火攻」又是合理的嗎？那也還是不合理，因為洪七公是掉下海之後，才再上歐陽鋒的船，此時他的火摺早已浸濕，又怎能點得著火？

「蛇怕屎尿」與「濕火摺點火」，究竟哪一則在不合理中更合理一點？看來也是彼此彼此了。

第十九回還有一些修改：

一．黃藥師打傷周伯通後，贈予周伯通「九花玉露丸」，新三版較二版增寫了黃藥師的道歉，在黃藥師向周伯通說的話中，加寫了一句：「伯通兄，我又傷了你，真正對不住了，黃藥師萬分抱歉，誠心向你賠罪。」增寫後，黃藥師的氣度變大了，亦符合新三版的「禮貌原則」。不過，從二版到新三版，「九花玉露丸」的效力似乎被減弱了些，二版黃藥師是給周伯通三顆，七日一服，新三版改為六顆，仍是七日一服。

二．洪七公落海後，用「降龍十八掌」打鯊魚，二版周伯通說要拜洪七公為師，學「降龍十八掌」，新三版改為周伯通要洪七公教他的是「打鯊十八掌」。新三版的周伯通顯然更幽默。

第二十回還有一些修改：

一．這一回的回目二版原為「竄改經文」，新三版改為更切題的「九陰假經」。

二．二版郭靖三人上了歐陽鋒的船之後，郭靖知周伯通被逼跳海，心中鬱悶，當時洪七公覺得再兩天就可望到陸地，新三版改為再一天就可以望到陸地。

三．洪七公、郭靖二人在桅桿上沒得吃，新三版於此處較二版增寫了一段，說郭靖溜下桅桿，用金刀斬了四條毒蛇的頭，而後師徒兩人在桅桿上生吃蛇肉充饑。

四．郭靖胡謅「九陰假經」，在寫「哈虎文缽英」那段怪文時，二版說是寫得「抖亂得不成模樣」。新三版改為洪七公怕那段怪文是西域文字，而「歐陽鋒是西域人，或能識得，教郭靖不可改動，以免亂改之下，給歐陽鋒瞧出了破綻」。

五．新三版歐陽克較細心，在歐陽鋒騙得「九陰假經」，準備焚船燒死洪郭二人時，新三版增寫歐陽克告訴歐陽鋒，他叔姪二人下海前，要先把「九陰假經」用油紙、油布包好，外面再熔了白蠟澆上，以免被海水浸壞。

六．黃蓉上歐陽鋒的船，為歐陽鋒所擒，二版歐陽鋒是點黃蓉「脅下」穴道，但黃蓉不是穿著軟蝟甲嗎？怎麼能點中「脅下」穴道呢？新三版改為點「後頸」穴道。

七．歐陽鋒擒郭靖，威脅他默寫《九陰真經》，一版歐陽克來幫忙，是用長劍抵住郭靖後心，二版改為用鐵扇；此外，歐陽鋒的毒藥隨著改版而變得更強，歐陽克以為郭靖師徒吃了有毒酒菜，一版說毒性在十二個時辰後發作，二版改為六個時辰後就發作。

八．洪七公說他在雪地餓了八天，挖出五隻非常不好吃的東西裹腹，那五隻「東西」是什麼呢？一版說是「蟑螂」，然而，這也太奇怪了，雖說「蟑螂脆脆很好吃，中間還有美乃茲」，但蟑螂怎麼會生活在地底下呢？為求合理，二版改為五條蚯蚓。

九．一版洪七公在桅桿上，遇到暴雨來襲，西毒、北丐二人合力將主帆拉下來，船受力變小，才逃過暴風雨有可能造成的船難，但這段與後來說洪七公與歐陽鋒一個身上濕、一個身上乾矛盾（洪七公因為曾掉下海而衣濕，但若兩人又都淋過暴雨，照理應該都濕了），因此這段在二版刪掉了。

十．一版歐陽鋒較有人性，決定燒船時，交代歐陽克「把最心愛的姬妾聚齊在艙裡」，然而，這可能不符合金庸所要塑造的「西毒」蛇蠍性格，因此二版改為歐陽鋒不顧姬妾死活，視她們如蛇奴一般，。

十一．一版洪七公貼住船邊，往下移動，此功稱為「壁虎遊牆功」，但金庸可能要讓「壁虎遊牆功」獨屬於《倚天》的張無忌，因此二版雖然還是有洪七公下船的一段，但「壁虎遊牆功」之名卻刪掉了。

混飯吃的丐幫幫主——第二十一回〈千鈞巨岩〉版本回較

說起天下第一大幫派「丐幫」，在「金庸江湖史」上，讀者們叫得出名號的幫主有幾位呢？自北宋以降，汪劍通、喬峰、游坦之、洪七公、黃蓉、魯有腳、耶律齊、史火龍、史紅石、解風，數十代幫主留下全名全姓的似乎就只這區區十人。

那麼，其他幫主又到哪裡去了呢？難道他們全都混飯吃，只負責把「降龍十八掌」、「打狗棒法」、以及打狗棒交接給下一代幫主，一生竟毫無建樹可供後人稱頌？

何以丐幫有這麼長的時間都是「歷史空白期」，又有這麼多丐幫徒子徒孫說不出任何豐功偉績的「失落的丐幫幫主」呢？

在《倚天屠龍記》中，張無忌初任明教教主時，楊逍還寫過一本《明教流傳中土記》供張無忌參考，讓他明白明教先前的方臘等教主是如何的為民抗官，促使張無忌繼承明教的「革命」道統並發揚光大；丐幫莫非不如明教，對早期幫主的貢獻，根本是「船過水無痕」，沒人願意去傳誦？

在一版《射鵰》中，洪七公將丐幫幫主之位傳位黃蓉後，要傳授她「打狗棒法」時，曾對她說：「相傳丐幫第十一代幫主在北固山力戰群雄，以一棒雙掌擊斃『洛陽五霸』，就是用的這打狗棒法。」雖然我們不知道這位「第十一代幫主」姓啥名誰，卻至少多明白了一位丐幫幫主的功績。

一版這段故事在二版第二十一回被刪掉了，然而，在二版第二十七回中，黃蓉還曾將這位第十一代幫主的事功說過一次，但到了新三版，這位「第十一代幫主」就從《射鵰》一書中被完全剔除了。

新三版《射鵰》第二十七回中，將「第十一代幫主」的事功改為讀者更熟悉的「想當年丐幫喬峰喬幫主在聚賢莊獨戰群雄，又以降龍廿八掌在少林寺前打得眾魔頭望風遠遁，雁門關前逼迫契丹皇帝折箭為盟，不敢南侵，真是何等英雄。」

新三版的改寫讓《射鵰》與《天龍》更緊密相扣，但也因此泯除了第十一代幫主的事功，不過，換個角度想，也許丐幫真的是不怎麼講究「慎終追遠」的幫派，因此金庸越改版，幫眾記得的前人俠蹟也越來越少。

金庸很喜歡鑽研歷史，金庸改版的重點之一，也是要完成他筆下武林自成一系的「金庸版江湖史」。

至於金庸想完成的「金庸版江湖史」，是像《史記》一般，從三皇五帝講到漢武帝，鉅細靡遺的「通史」嗎？

那絕對不是，說來金庸要完成的「江湖史」，並不是「通史」，而是「斷代史」，「金庸版江湖史」則是把這些「斷代史」扣接起來。

以中國歷史為喻，好比金庸寫了漢朝與唐朝的歷史，唐朝歷史中，又只寫了唐太宗與唐玄宗兩位皇帝的歷史，於是，在他扣接歷史時，即使寫及君臣間的對話，也只會提到這兩個朝代，以及這兩個朝代中經他撰寫的皇帝言行，其他的帝王或史事都不會在這本史書中現身。

因此，在「金庸版江湖史」上，彷彿就只有「天龍」及「射鵰三部曲」中的丐幫幫主曾經在江湖中確實存在，其餘「被跳過」的幫主似乎都是尸位素餐，沒什麼可以供後人懷念或稱頌的建樹。

楊逍曾著有《明教流傳中土記》供張無忌閱覽，乾隆也必須常讀康熙皇帝的《清聖祖仁皇帝聖訓》。後任領導者，經常緬懷前任領導者的壯志偉行，也是激勵後任者志氣的良方。不過，從現實面講，丐幫是叫化子組織，有可能組織內並沒有生花妙筆的文士記錄幫中大事，以致許多幫主的事功都在時間洪流中被淹沒。

而若從文學創作的角度來說，以簡馭繁，以免增加讀者的閱讀負擔，本是小說創作的原則，因此簡化人物亦是重要的文學技巧。讀者在看小說時，集中精神進入主角的世界，不必再分神想像不重要的人物事蹟，更不必猜測這些人物是不是預埋的伏筆，閱讀起來會比較輕鬆快樂，因此，讓不重要的丐幫歷任幫主從改版中消失，故事會由鬆散走向緊實，這也是金庸修訂舊作的手法之一。

第二十一回還有一些修改：

一．黃蓉帶到歐陽鋒船上的隨身武器，二版是「蛾眉鋼刺」，新三版改成是丘處機所贈，刻有「郭靖」兩字的短劍。

二．丐幫指定幫主繼承人大會的地點，一版是岳陽樓城，二版改為岳陽城，新三版再改為岳州城。

三．黃蓉負氣離開桃花島，到中原遊歷的時間，二版是「今年三月」，新三版改成「正月」。

四．洪七公中歐陽鋒蛇毒後，新三版較二版增寫，黃蓉先給他服了兩顆「九花玉露丸」療毒。

五．黃蓉臆想郭靖到了龍宮，想到海龍王的女兒美貌異常，新三版增寫黃蓉的心情：「忽然間吃起醋來，愀然不樂。」

六．郭靖鬥歐陽鋒時，使出的蒙古摔跤之術，一版叫「攀雲扳」，二版改名「駱駝扳」。

美女黃蓉也有生理問題——第二十二回〈騎鯊遨遊〉版本回較

在《射鵰》第二十三回中，郭靖與歐陽鋒對掌，因蛤蟆功掌力太強，再加上楊康又在郭靖左腰刺了一匕首，導致郭靖身受重傷。

黃蓉決定按《九陰真經》的療傷方法為郭靖治傷，關於《九陰真經》的療傷方法，據二版郭靖所說是：「兩人各出一掌相抵，以妳的功力，助我治傷，而難就難在七日七夜之間，兩人手掌不可有片刻離開，妳我氣息相通，雖可說話，但決不可與第三人說一句話，更不可起立行走半步。」

這一段說法讓頗具生理常識的讀者們大起疑惑，兩人對掌七天七夜，完全不能起立行走，亦無法睡覺，這已經夠奇怪的了（至於飲食問題，書中說是黃蓉一手持續對掌，一手切西瓜，解決三餐），更讓人不解的是，郭靖、黃蓉兩人既沒插導尿管，也沒在屁屁下面放置便盆，為什麼他們都不必大小便？噓噓跟出恭是生理上的基本需求，總不能隨著武功轉強就無需如廁了吧？

莫非《九陰真經》還能教人「憋尿」與「閉便」的神功嗎？

關於這個話題，曾在遠流博識網的金庸茶館引起熱議，金庸似乎是徇眾要求，在改版修訂時，非給個交代不可。於是，為求解決二版靖蓉兩人有違生理及衛生之道的疏漏，新三版增寫了情節解套。在新三版第二十二回中，金庸藉洪七公之口，提前告訴郭靖《九陰真經》的療傷方法是：「由懂得內息運轉之人，手掌和傷者一掌相抵，……如此運轉七日七夜，大小周天順逆周行三十六轉，內傷便可大癒。」而後，郭靖跟二版的讀者一樣，趕緊問洪七公，在這七日七夜之中，難道連大小便都不行？洪七公笑答：「只是傷者大小周天順逆周行時，兩人手掌才不可離，別的時候卻不須手掌黏貼。」

經過這麼一改，郭靖、黃蓉的生理需求就被顧及了。說來黃蓉是絕世美女，卻不是芭比娃娃，怎麼可能連上個「聽雨軒」都不必呢？新三版一修，大俠郭靖、美女黃蓉的膀胱抒壓了，讀者也鬆了一口氣。

【王二指間話】

古今中外習慣修訂自己作品的作家不唯金庸一人，但以修訂時大刀闊斧改寫自己的成名舊作來說，金庸確實前無古人，若再加上大修訂竟然多達兩次，那就只怕金庸也是後無來者了。

寫書需要功力，修改也需要功力，增刪取捨都須要巧思，因此，會寫書的人未必知道怎麼修改，才能讓原書更上一層樓，故而某些評論者認為金庸改版「花的功夫跟寫一本新書一樣」，絕非虛言。

金庸不只是「文學大師」，更是「改版大師」，以這一回的修改而言，金庸的高明之處是，郭靖受傷後準備以《九陰真經》療傷，但二版療傷法的「對掌七日七夜」引起了讀者困惑，讀者不明白七日七夜雙掌從不分離的郭黃二人究竟怎麼解決生理問題。

在改寫為新三版時，金庸若想對《九陰真經》加料解釋，讓讀者們明白「療傷中途可以暫停去小解」。他大可在郭靖受傷後，才增長篇幅說明療傷法門，但這樣改的話，「補釘」的痕跡就比較明顯，於是「改版大師」金庸選擇在第二十二回郭黃二人設法為洪七公療傷時，就透過洪七公之口，把《九陰真經》的「療傷章」說清楚，這麼一來，第二十二回的情節就成為第二十三回的伏筆，兩回的內容也就一氣呵成，而第二十三回郭黃二人知道療傷之中可以「中場休息」，也就順理成章了。

然而，這一段的改寫，卻讓我們不得不思考，「合理原則」是金庸改版的重點方向之一，但「合理化」若是無限上綱，真的能為作品達成更好的加分效果嗎？

還珠樓主是金庸喜歡的作家之一，在還珠樓主的《蜀山劍俠傳》系列作品中，劍仙飛天遁地、御劍而行、無所不能。相對起還珠樓主筆下如「神」般的劍仙，金庸武俠中的絕頂高手如東邪、西毒等人，只能算「半人半神」之體，也就是說，他們在武術上的表現明顯超出人體生理的極限，但至少為人行事，還不像劍仙那般飛來飄去、未卜先知。然而，金庸改版的重點之一，就是為求「合理化」，再設法把「半人半神」的高手拉回「人」的程度，也就是說，以「普通人」的標準再盡量「合理化」高手們的言行舉止。

我們若以哈利波特為比喻，在金庸筆下，武功出神入化的黃藥師等人是「巫師」，郭嘯天、李萍之流等稍有功夫或完全不會功夫的人是「麻瓜」，郭靖楊康等人則是「當巫師的麻種」；讀者們若將現代派武俠小說中充滿想像力的「武術」視為「魔法」，金庸武俠即是「東方的半魔法小說」，而所謂的「武林」，就像哈利波特的魔法世界一樣，跟現實的「人間」是有所不同的，在金庸建構的武林眾生相中，許多高手擁有的都是「普通人」（也就像哈利波特中的「麻瓜」）達不到的神奇能力。

然而，在改寫作品時，金庸卻希望把這些武林高手們也盡量從「武林」拉回「人間」，讓讀者們覺得俠士俠女們除了武功高強外，生活起居也都是「普通人」，這個修改方向將會使原本想像力天馬行空的「武俠小說」，變成實事求是的「社會寫實小說」，但是，「武林」若從「超現實」回到「人間」的「現實」，江湖的炫爛程度就有可能會降低。

金庸致力於追求「合理化」的同時，已經盡量維持住小說的精彩，不過，如果連「大小便」都必須滿足「合理化」的要求，那麼，我們不禁再進一步問，郭黃二人在療傷的七天七夜之內，有可能冒著生命危險，互相掩護到密室外大小便嗎？如果沒有，那兩人怎麼清理七天七夜的大小便呢？或者在這七天七夜內，整間密室已經如糞坑般，臭氣沖天了呢？

這些疑問都涉及「合理化」，但相信金庸也不會再繼續改版，逐一解決了。寫小說畢竟不是報導新聞，寫武林也不比描述人間，保留一點趣味性與特殊性，讓小說更活潑，或許有些「不合理」參雜其中，但閱讀起來說不定會更輕鬆快樂。

第二十二回還有一些修改：

一．《九陰真經》中的療傷篇章，二版叫「療傷篇」，新三版改為「療傷章」。

二．《九陰真經》中的怪文，一版是「摩罕斯各兒，品特，金切胡雙斯，哥山泥……」，二版改為「摩罕斯各兒，品特霍幾恩，金切胡斯，哥山泥克……」，新三版再改為：「摩訶波羅，揭諦古羅，摩罕斯各兒，品特霍幾恩，金切胡斯，哥山泥克……」，越改版越有「梵語」的味道；此外，一版洪七公曾唸了一段：「努爾七六，哈瓜兒，寧血契卡，平道兒……」，二版與一版一樣，新三版則改成：「摩訶波羅，揭諦古羅，努爾七六，哈瓜兒，寧血契卡，平道兒……」亦是加上梵語讀音。

三．二版郭靖砍樹，用的是丘處機所贈短劍，新三版因這把短劍在黃蓉身上，故而改成郭靖使用的是成吉思汗所賜金刀。

四．洪七公因《九陰真經》而心有所悟，身體狀況稍回復後，二版是開始打「降龍十八掌」與「伏虎拳」，新三版則將「伏虎拳」改成「逍遙遊」。

五．新三版增寫了黃蓉對洪七公的考語：「師父甚麼都好，就是對『仁義』兩字想得太過迂腐，對惡人仁義，便是對良善殘暴。」

六．二版《九陰真經》的「易筋鍛骨篇」，新三版改名「易筋鍛骨章」。

七．黃蓉要郭靖在羊肉上尿尿，讓歐陽鋒吃「尿羊肉」，一版郭靖說：「現下我沒尿，撒不出。」二版改為郭靖向黃蓉說：「妳在旁邊，我撒不出尿。」兩種版本的郭靖一樣老實可愛。

八．空明拳的口訣，一版是「大成若缺，其用不弊；大盈若沖，其用不窮。」二版改為「空朦洞鬆、風通容夢、沖窮中弄、童庸弓蟲。」二版更具深度。

九．因楊康曾拜梅超風為師，一版說楊康心想黃藥師「算來該是我師祖」，但這場收徒並非黃藥師授意，因此楊康這個將黃藥師認做「師祖」的想法，二版刪去了。

桃花島小公主黃蓉竟有竊盜前科——第二十三回〈大鬧禁宮〉版本回較

黃藥師在桃花島上自成一島之主，不受大宋法律管轄，儼然成為海外一隅之王，而且他這「桃花島王國」還是富裕的小國家，在他的國度裡，奇珍異寶、名書古畫，樣樣都是名貴精品。身為「桃花島王國」唯一的小公主，從小被闔島上下捧若珍寶的黃蓉，理當早就習慣富家千金揮金似土的生活。

而這樣的千金小姐黃蓉，若是身上欠缺銀兩，會去當三隻手扒竊他人嗎？

一版《射鵰》有段故事說，黃蓉跟郭靖、洪七公及周伯通四人前往臨安，準備讓洪七公到皇宮大飽口福，途中四人身上銀子告罄，於是黃蓉取下金環髮飾，至當舖換取十四兩銀子，但在四人拿錢飽餐一頓後，黃蓉瞬間不見了蹤影。

再度出現時，金環又回到黃蓉了頭上，她的懷中還多了四兩銀子，周伯通問她是否把金環贖回？黃蓉說：「贖什麼？這家當舖是我開的，我愛拿多少銀子就拿多少。」周伯通大為讚賞，黃蓉繼續得意地說：「比起靖哥哥的二師父『妙手書生』來，我這點微末道行真是不值半文了。」

原來俠女黃蓉，也就是將來的北俠郭靖夫人，少女時代竟也當過女飛賊或女扒手。家財萬貫的她手上一缺錢，就仗著她的精妙武功向毫無招架之力的平民百姓偷盜錢財。

這樣的黃蓉會不會太損俠道，甚至連累情人郭靖的俠名了？

二版改掉了這段故事，只說黃蓉缺錢時「兌了首飾，買了一輛騾車，讓洪七公在車中安臥養傷」。二版黃蓉只是富家女一時手頭缺現銀，典當首飾應急，因此不違俠義之道。

【王二指閒話】

身價不斐的桃花島小公主黃蓉，有沒有可能當起「盬賊」呢？

先前我們說過，《射鵰》人物的性格單純而簡單，父母即是子女的人格原型，因此以黃蓉帶有東邪DNA的小妖女體質來說，當起「盬賊」是大有可能的。

而擅長雕塑人物性格的金庸，改版的目標之一，即是讓人物的性格更前後一致，因此人物的行為若扞格小說計劃為其塑造的性格時，過與不及的敘述都必須進行修正。

小說人物出自虛構，他們並不是現實人物，個性不能反反覆覆，也不能因為一時興起，就做些出人意表的事。性格或許可以隨著時間流逝，或遭逢打擊而丕變，如楊過在小龍女失蹤後的十六年間，就漸漸由頑皮的少年蛻變為穩重的大俠，然而，衍變也必須有軌跡可循。小說必須維持故事的完整，更要讓讀者閱讀得流暢，因此人物的性格在全書中一定要有清楚的脈絡。

以黃蓉而言，她的天性或許承襲黃藥師的聰明刁鑽，然而，在認識郭靖之後，她就更像她那「以夫為天」的母親馮衡，因此她尊重郭靖，生命的大方向完全交由郭靖來引領。

郭靖篤信俠義之道，故而在郭靖身邊，黃蓉絕不可能故意表現違反俠義之道的行為，惹得郭靖厭惡。或許黃蓉內在仍有搞怪的衝動，但為了愛情，黃蓉會隱忍下來，即使真要搞怪，她也會搬出冠冕堂皇的「俠義」理由，證實她師出有名，譬如第十一回說黃蓉迫胖財主夫婦幫其轎夫抬轎，她的理由就是「看不慣高社會階層欺負低社會階層」；此外，第二十三回還提到黃蓉、郭靖二人破壞藏有宋高宗替俞國寶易二字題詞素屏的酒家，這次的理由則是「君臣荒淫，無心北伐」，黃蓉的性格就是如此，即使想搗蛋，也得顧慮郭靖的俠義情懷，「以郭靖為天」的她，絕不可能做出明知會讓郭靖反感的舉動。

因此，黃蓉會不會當起美豔女賊呢？倘使她仍然只是「黃藥師的閨女」，也還是個「小妖女」，自然有當女賊的可能；但在情歸郭靖後，她搖身一變，成為「郭靖的女友」、「郭靖的夫人」，也就是「大俠背後的偉大女人」，為了郭靖，她絕不會偷搶拐騙，這就是《射鵰》中黃蓉的性格。

第二十三回還有一些修改：

一．新三版增寫周伯通為了幫洪七公報仇，要比照王重陽死兩次，如此就有機會「先弄死老毒物，再弄他活轉，再弄死他，叫他死兩次。」新三版多處藉由增寫，將周伯通塑造得更幽默。

二．關於曲靈風的女兒傻姑，新三版增寫考語，說她的武功「徒具外形，並非真正本門功夫」，如此一來即削弱了前兩版中傻姑武功的層次，但這樣的描述比較符合傻姑的真實狀態，畢竟傻姑不是郭靖覺遠，她是真的傻子，不可能練出高明的武功。

三．一版郭靖一行到傻姑酒店時，看到碗旁死了十多隻蟑螂，二版將蟑螂改為灶雞蟲兒。

四．一版傻姑使的掌法是「落英掌法」，二版改作「碧波掌法」。此外，一版傻姑使過一招「脫袍讓位」，二版刪去了。

五．郭靖為保「武穆遺書」與歐陽鋒交手，一版郭靖使的招式是「神龍擺尾」，二版改為「震驚百里」。

六．郭靖受傷後，黃蓉為其金針插穴，一版插在「精促穴」與「笑腰穴」，二版將穴名取消了。

黃藥師是讀過書的南海鱷神
——第二十四回〈密室療傷〉、第二十五回〈荒村野店〉版本回較

二版《射鵰》中，黃藥師不只調教出「黑風雙煞」這兩個殘害武林的江湖流氓弟子，自身行事亦輕狂乖張，只因誤以為女兒枉死，就在遷怒之下，決定虐殺江南六怪，意圖透過殺人來發洩自己的情緒。

因為黃藥師的行為悖離正道，尹志平當面罵了他一句：「你這妖魔邪道，你這怪物！」自視極高的黃藥師怎能讓後生小輩辱罵自己？聞聽尹志平的指責，他本要痛宰這隻小兔崽子，但又轉念一想，自己怎能跟小道士一般見識？於是只把尹志平丟出門外，以示懲戒。

而就在旁觀的陸冠英、程瑤迦二人瞠目結舌時，黃藥師又搖身一變成為媒人，要替甫相識的陸、程二人主持婚禮，雖然兩人尚未決定是否攜手共度一生，但黃藥師卻自以為是，斥責他倆不敢對彼此示愛，還藉機大加吹噓自己對「禮教」的不屑，他說：「黃老邪生平最恨的是仁義禮法，最惡的是聖賢節烈，這些都是欺騙愚夫愚婦的東西。」

這段話若與黃藥師平日的為人處世兩相對照，會讓人感覺自相矛盾，因為黃藥師若真對禮法這般不屑，那麼，黃蓉跟身為老子的他拌嘴，婚事也不聽任他的安排，完全不顧父女禮法，這豈不是很對黃藥師脾胃，他又何必生氣？又如果黃藥師當真認為聖賢節烈最可惡，那麼，宋高宗殺了一心北伐，盡忠報國的岳飛，黃藥師豈不是應該拍手叫好？照黃藥師的邏輯，像岳飛這種忠孝典範的聖賢之輩本來就最該死！可是黃藥師的言行又自打嘴巴，號稱最不屑禮法的他，卻最喜歡黃蓉在「孝道」上謹守禮教，尊重他的安排；此外，聲稱最厭惡聖賢節烈的他，也極敬重岳飛一心恢復故土的「忠心」。

這麼說來，黃藥師反對的並不是禮教，而是「可能會束縛他自己的禮教」，他飽覽群書，通曉禮教，卻不願禮教道德的鎖鏈加在他身上，因此任何想約束他的禮教他都想打倒，而對於束縛他人的禮教，他則是舉雙手贊成，因此他希望黃蓉謹守孝道，奉行父命。

可知黃藥師並沒有「反禮教」，他只反「束縛自己的禮教」，至於拘束他人的禮教，譬如岳飛的忠心、黃蓉的孝道、陸冠英的師禮，他一概樂觀其成。

只要禮教不加到自己身上，黃藥師就可以像南海鱷神一樣，以一雙拳頭、一身神功橫行天下，這麼一來，從家人到世人都得聽從他暴力下的安排，更奉他如霸王。

新三版將黃藥師的人格做了大幅修改，以這一回而言，前面我們說過二版黃藥師說的「黃老邪生平最恨的是仁義禮法，最惡的是聖賢節烈，這些都是欺騙愚夫愚婦的東西。」新三版將這段話改為「黃老邪生平最恨的是虛偽禮法，最惡的是偽聖假賢，這些都是欺騙愚夫愚婦的東西。」幾字之差，天差地別。

經過新三版這麼一改，原來黃藥師其實信奉「仁義禮法」，也崇拜「聖賢節烈」，只是他不喜歡繁文縟節，也不恥欺世盜名之輩；新三版黃藥師不是南海鱷神，他跟弟子及朋友互相尊重，只是他喜歡自在，不喜歡禮俗造成自己無謂的綁手綁腳。

【王二指閒話】

一、二版的黃藥師，性格的描寫令人難解，似乎金庸的原意是要塑造一位不屑禮教的飄逸之士，但從小說中整體看來，黃藥師只是嘴巴上反禮教，骨子裡卻樂意他人謹守禮教，恭敬於他，若他人不保持對他的禮敬之心，他還可能殺人取樂，這樣的黃藥師彷彿是「讀過書的南海鱷神」。

魯迅的「狂人日記」引發「禮教吃人」的討論，或許金庸創造黃藥師，也有著魯迅「反禮教」的味道，卻因為黃藥師「反禮教」的方式表裡不一，且對己對人有著完全不同的兩套標準，因此反而顯得他像頭肆虐的暴龍。

談起「禮教」，按莊子的說法，「仁義」這類人與人之間的關係，只不過像離水到陸地的魚，彼此之間在相濡以沫，而為了讓社會更有秩序，儒家定出「天地君親師」、「父子有親、君臣有義、夫婦有別、長幼有序、朋友有信」、「仁義禮智信」等等三綱五常來當人際關係的律條，並規劃出人與人之間應該謹守的禮節。

所謂「反禮教」，其結果可以分為「喪失禮教」與「無需禮教」兩種。「喪失禮教」就像二版黃藥師的言行，因為他脫卸了禮教的束縛，因此我行我素，還憑藉一身神功，動輒對人暴力相向，兩位弟子不聽他的話，他就打斷其他弟子的腿，管他什麼「師生之道」；猜測女兒死了，就想虐殺無辜的江南六怪洩憤，管他什麼「好生之德」；陸冠英跟程瑤迦一見面看對眼了，他就像在幫犬馬交配一樣，馬上命令陸程二人婚禮洞房，管他什麼「夫妻之道」，先有夫妻之實再說。

如果「仁義」是一條中線，二版黃藥師這般「反禮教」，就是落在中線下方的野蠻獸行，說來他當真需要接受禮法的教化，也需要學習尊重他人。

而若「反禮教」的結果是昇華為「無需禮教」，那就是人格的揚昇。雖然與「喪失禮教」一樣是脫卸禮教束縛，但「無需禮教」卻是不須禮教的強制要求，即能發自內心自愛愛人。

當人們真正「無需禮教」時，世間就不再需要訂定「君君、臣臣、父父、子子」的相關禮儀來規定每一種階層與身份該有的態度與責任，人們更將發自內心互持互愛，關於這樣的境界，孔子稱之為「從心所欲而不踰矩」，莊子則說是「相忘於江湖」，只要互敬互愛成為人們心中的基本涵養，並將之表現於生活中，那麼，聖人們就不再須要以「仁義」或「禮教」來規範人們的言行。

倘使「仁義」是一條中線，「無需禮教」就是在這條中線之上，只要人心昇華，縱有禮教也形同虛設，彼此之間若是真心互敬互愛，就不需禮教規範，心境亦能自然喜悅平安，但這卻不是二版黃藥師所能到達的境界。

在新三版中，金庸有意讓黃藥師由「喪失禮教」昇格成「無需禮教」，從不喜「仁義禮法」昇華為不遵「虛偽禮法」，但這兩個境界彷彿天差地，聖人差禽獸，真要修改，還真為難了金庸。

即使新三版黃藥師的言談有所改變，但因遷怒而傷害弟子，導致弟子終生重殘，以及強迫彼此連名字都不清楚的一對男女，在他的威逼下進洞房，這些情節依然存在。這樣的黃藥師就算口頭上說得再怎麼漂亮，只怕內心距離自在一如的境界，還是有著極為遙遠的距離。

第二十四回還有一些修改：

一．一版完顏洪烈到牛家村後，看到郭嘯天遺留的兵器，感慨地說：「楊家是破敗得連屋瓦也不賸一片了，郭家卻還留著郭嘯天當年所使的這柄短戟。」然而，當年一心只想奪取包惜弱的楊家村，只怕連郭嘯天姓啥名誰都不知道，更不可能對他的名字與兵器有這麼深刻的印象，二版因此刪了此段。

二．一版楊康在牛家村舉起楊鐵心的鐵槍頭時，心中曾考慮殺完顏洪烈報父仇。然而，楊康先前在寶應劉氏宗祠救完顏洪烈時，內心應已決定跟隨完顏洪烈，故而此刻不當還有殺他之想，二版因此將這段刪了。

三．陸冠英與侯通海交手，陸冠英以板凳打了一招「豹下山崗」，侯通海則用鋼叉叉了一招「順水推舟」，二版將這兩招都刪了。

四．陸冠英跟侯通海交手，陸冠英錯以為是因為他在太湖殺了沙通天的徒弟馬青雄，因而引來侯通海為其師兄沙通天報仇，但這些全是陸冠英的臆想，二版將之全數刪除了。

五．程瑤迦的劍招，一版的「星河搖斗」，二版改為「斗搖星河」。

六．一版尹志平點中侯通海「玄機穴」，導至侯通海跌倒，二版刪除了這段點穴的情節。

第二十五回還有一些修改：

一．陸冠英說他配不上程瑤迦，二版黃藥師告訴陸冠英，因為他是自己的徒孫，所以「公主娘娘」也配得上，新三版則改為「皇帝的姑母」也配得上。

二．新三版增寫穆念慈對於楊康的矜持，提到「楊康數次欲求肌膚之親，均為所拒，不由得愛意更增。」

三．二版華箏聽到郭靖被段天德害死，拔出腰刀，原要自刎，卻又轉念一想，揮刀砍桌，說：「不給郭靖安答報仇，誓不為人。」但這樣的華箏就沒有為郭靖「殉情」的決心，新三版改成華箏要自刎，拖雷搶過刀子，告訴她：「妹子，不能自盡，咱們定須給郭靖安答報仇。」

四．一版尹志平被黃藥師一打，打掉了十幾顆牙齒。但尹志平是全真教將來的掌教，且在二版《神鵰》中，還與小龍女有許多重要的互動情節，若將尹志平寫成「無齒之徒」，未免破壞了讀者們想像中的「清和真人」畫面，二版因此改為黃藥師只打掉了尹志平幾顆牙齒。

五．一版黃藥師送給陸冠英與程瑤迦新婚的見面禮是一套「狂飆拳」，二版刪了這份見面禮。

六．關於打狗棒法的招式，一版的「當頭棒喝」，二版改為「棒打狗頭」；一版的「大鬧天宮」，二版改為「反戳狗臀」，二版的招式名稱均更符合「打狗棒」之名。

七．華箏看不懂白鵰足上帆布郭靖所寫的「有難」兩個漢字時，一版是問李萍，但李萍應該是不識字的，二版因此改為問蒙古軍中的漢人傳譯。

如煙消失的秦南琴——第二十六回〈新盟舊約〉版本回較

說起舊版《射鵰》，相信十之八九的讀者最可能聯想到的，就是「秦南琴」，彷彿自一版到二版的改版中，金庸做得最讓讀者詫異的事，就是大筆一揮，讓秦南琴不留痕跡地自《射鵰》書中完全蒸發，。

這位二版讀者只聞其名，不見其人的「秦南琴」，在《射鵰》第二十六回的一版故事中，終於「千呼萬喚始出來」了。

從未聽聞秦南琴是何等人物的讀者，且先來看看這位金庸三種版本中，唯一一位角色稍偏重，卻因改版而完全消失的人物——「秦南琴」的故事。

秦南琴一家原籍廣東，因受土豪欺壓，舉家逃到江西，開地墾殖，然而，與此荒地緊鄰的林地，卻是毒蛇聚集出沒之處，秦家的兒女因此全遭蛇吻過世，只留下秦老漢與秦南琴祖孫女二人。

秦老漢後來索性回廣東學捕蛇之技，從此賣蛇酒、蛇膽維生。

開店賣蛇原也可以餬口，但自當地喬縣令走馬上任後，秦老漢就楣運當頭了。喬縣令要求秦家月繳二十條毒蛇，但是年毒蛇捕獲量不足，秦老漢繳不出蛇，喬縣令因此下令手下的差役上門找碴。

事有湊巧，正當郭靖跟黃蓉因郭靖與華箏的婚約而生衝突，暫相別離時，郭靖來到隆興府武寧縣，並正巧遇到喬縣令手下都頭在欺凌秦老漢。

都頭們本要擄走秦南琴，以勒索秦老漢繳蛇交差，但這種畫面叫郭大俠撞見了，豈能袖手旁觀？郭靖於是出手打走了兩個都頭。

「英雄救美」之後，秦南琴對郭靖就有些芳心暗許了。

接著，秦南琴帶郭靖去捕捉吃蛇的血鳥，就是因為這隻血鳥，那年的蛇獲量才會銳減。

說起血鳥，又是一奇，此鳥全身火紅，比烏鴉稍大，約有半尺，愛吃蛇膽，且喜啄人眼睛。血鳥的「火浴」尤其是一絕，牠會在火焰中打滾，經火炙而更加煜煜發光，而且周身越燒越香。血鳥一出，無蛇能擋。

然而，血鳥再強，也無法逃開「降龍十八掌」，郭靖一招「六龍迴旋」，就把血鳥抓住，可是，郭靖手掌一開，血鳥又飛逃而去。

郭靖陪秦南琴捉血鳥時，口中卻還是經常叨唸黃蓉，這使得秦南琴「心中酸酸的有些異樣」，不久，秦家聽說喬縣令與都頭們因縣衙著火，已悉數遭火劫而斃命；而後，黃蓉出現了，原來黃蓉一直暗中跟隨郭靖，亦因此知道秦家冤屈，於是出手將武寧縣縣衙一把火交給祝融；而雖然成功幫秦家報仇，黃蓉卻因運氣練功走錯穴道，導致雙手無法動彈。

郭靖跟黃蓉再度比照密室療傷，用《九陰真經》的方法對掌運功。療傷中途，天降大雨，秦南琴拿了一把傘出來，卻「向郭靖的一邊偏去，黃蓉的頭上就如一盆水往下傾潑一樣。」

秦南琴對郭靖的情意，黃蓉當然明瞭。

傷癒之後，黃蓉驅使白鵰追捕血鳥，並進而捕得血鳥，有趣的是，血鳥被黃蓉關入竹籠，卻自斷竹籠而未離開，成為黃蓉收服的寵物。

郭黃二人而後離開，鐵掌幫隨後又來秦家尋釁，秦老漢為其所殺，秦南琴則被抓到鐵掌山上當捕蛇的蛇奴，但悲慘的命運還在等著她，秦南琴而後被鐵掌幫匪首進獻給楊康，還被楊康所姦污。

後來楊康揹秦南琴下山，卻在山下見到了裘千丈的死屍，楊康在裘千丈身上摸出一本冊子，冊子中記有《武穆遺書》的相關訊息。

當晚楊康端詳此書後，又要抱秦南琴上床尋歡，卻被秦南琴預藏的毒蛇咬傷。楊康中毒後，請求秦南琴將冊子送交完顏洪烈，並願意以冊封她當王子妃，終生享有榮華富貴當報答，但秦南琴恨楊康入骨，竟當著楊康的面撕毀該冊子數頁，以之折磨楊康。

而後秦南琴逃離鐵掌峰及楊康，又遇到郭靖、黃蓉、穆念慈等人，而當她回溯自己悲慘的遭遇時，穆念慈竟因她虐待楊康而向她掌摑，黃蓉也只為那本撕毀的冊子歎息。

最後，郭靖將馬鈺當年傳授他的內功心法授與秦南琴，眾人就與秦南琴分開了。

年餘之後，郭靖、黃蓉再見秦南琴時，她已生下了楊康的遺腹子。郭靖為孩子命名為楊過，黃蓉贈秦南琴明珠一串，郭靖再送她黃金百兩，兩人就此離開。

秦南琴在《射鵰》中的故事就到這裡。

秦南琴長相如何呢？「膚色極白，想是自幼生在山畔密林之中難見陽光之故，這時給月光一映，更增一種縹緲之氣。」想來能獲小王爺楊康青睞，秦南琴必有其傲人之絕世美貌。

在《射鵰》書中，秦南琴心儀郭靖，視黃蓉為情敵，被楊康所玷污，遭穆念慈之妒嫉，最後生下了楊過，所有的主角全跟她拉上了關係，但金庸改版時，竟將她跟穆念慈合而為一，因而衍生出一些原本屬於秦南琴的言行，卻被移花接木給穆念慈而造成的不搭軋狀況。

還原秦南琴，可以讓讀者們知曉金庸的原創意，也能更清楚版本變革之間，故事斗轉星移的來龍去脈。

在「金庸一百問」的一百題問答中，金庸曾針對秦南琴與穆念慈合併，提出解釋，說：「穆念慈的角色兼了舊版中的秦南琴。二女的作用及個性遭遇頗為相似，略嫌重複，合二為一，可以簡化。小說戰則，均以簡單為佳，如兩者個性及作用大大不同，則不可合併，例如程英不能與陸無雙合併，周芷若不能與趙敏或殷離合併。」

然而，秦南琴消失的原因，絕不只金庸所說的「個性遭遇相似」這麼簡單。除了「個性遭遇相似」外，為求圓融整個故事，秦南琴還有更多必須消失的理由。

只要讓秦南琴消失，就至少可以解決以下的問題：

一、幫黃蓉剪除情敵：金庸小說中，除了《鹿鼎記》之外，只要是「女主角的情敵」，金庸一定會幫她安排退場機制，或是辭世，如岳靈珊；或是出家，如儀琳、阿九；或是去國，如小昭；或是敗德，如周芷若、郭芙；又或是棄權，如程英、陸無雙。

金庸幫秦南琴安排的退場機制雖然也是「辭世」，但畢竟是在《神鵰》書中，才藉楊過之口說起秦南琴去世之事，時間實在來得太晚。

【王二指閒話】

除了黃蓉的情敵始終存在，不像金庸慣有的創作模式外，按金庸小說創作的「多情原則」，只要是愛過男主角的女人，男主角必定會分神思念或是照顧，然而，在一版《射鵰》書中，直到全書結束，郭靖都沒有對秦南琴做出情感上的交代，這也違反了金庸一貫的寫作邏輯。

二、將楊康簡化為純粹只是民族認同偏差的反派：金庸不喜歡重複類似的角色，在《射鵰》中，楊康若是強姦秦南琴，那麼，他的形象就跟「淫賊」歐陽克重疊。而秦南琴一經刪除，楊康心中即唯有穆念慈一人，於是楊康之惡，就只是他的民族認同不在父母之邦，這樣的楊康角色形象會比較獨特。

三、減少一再出現的蛇情節：一版《射鵰》的毒蛇情節實在太多了，在傳統小說中，蛇代表的意義包括「邪惡」、「詭異」與「神秘」等等，金庸也將「蛇」與筆下有類似性格的人物相結合。

《射鵰》書中，除了歐陽鋒叔姪外，從秦老漢、秦南琴、到楊過四代，自外曾祖父到曾孫，相關故事都包含許多毒蛇情節，此外，裘千仞也藉養蛇而練武，這樣的《射鵰》實在「蛇味」太重，因此刪掉秦南琴，就可以連帶解決毒蛇情節過多的問題。

綜合以上原因，秦南琴在改版時是當真非刪不可的，少了她一個配角，可以解決幾個主角的問題，於是在二版，秦南琴的戲份就全歸於穆念慈，讓穆念慈一併通吃。

然而，兩人合併成一人，又衍生出一些令讀者疑惑的問題。

一、郭靖竟會拋下義弟的妻兒：從二版的故事看，穆念慈、楊過是楊康的妻兒，那麼，身為楊康義兄，又是穆念慈好友的郭靖，怎可能丟下她母子倆，讓身為單親媽媽的穆念慈獨力撫育楊過呢？以郭靖仁厚的個性，理當會請黃蓉幫穆念慈母子安排去處。

原本在一版中，楊過的母親是秦南琴，那就不能等而論之，因為秦南琴愛慕郭靖，因此她是黃蓉的情敵，郭靖當然不可能自討沒趣地請黃蓉為秦南琴母子安排去處。但楊過的母親由秦南琴換成穆念慈，就顯得郭靖的行事不夠周延。

二、黃蓉的EQ（情緒商數）過度良好：前面我們說過，黃蓉心情不好時，會找無辜之人洩憤，一版秦南琴的這段故事也包含郭靖表示要娶華箏後，黃蓉找喬縣令的麻煩，以茲宣洩憤恨的情節，這樣的描述比較符合黃蓉的性格，但這段故事連同秦南琴被一併刪除了，二版改為黃蓉在郭靖表示要娶華箏後，並沒什麼激烈的後續行為，而為了填補空隙，二版還增寫了一段靖蓉二人在長嶺遇到狂風暴雨的情節，這段故事說，黃蓉因淋雨而感慨：「前途既已注定了是憂患傷心，不論怎生走法，終究避不了、躲不開，便如是咱們在長嶺上遇雨一般。」如此將憂傷情緒完全壓抑入內心，實在不太符合黃蓉一貫的性格。

三、楊過的反社會人格少了原生家庭的因素：一版秦南琴是楊過生母，以秦南琴的人生境遇，她既在愛情上終生得不到心儀的郭靖，又被她鄙夷的楊康所姦污，性格有可能越來越偏激。一版楊過童年時受秦南琴教育，正可以解釋他的反社會人格是肇因於原生家庭，二版將秦南琴換成較端莊守禮的穆念慈，就無法解釋為什麼楊過從小即對社會及他人有這麼深的防衛心。

四、穆念慈的節烈形象打折：一版《射鵰》中，楊康中蛇毒將死時，穆念慈「抱著他時，暗用楊鐵心遺下的半截鐵槍將他刺死，隨即倒轉槍頭抵在自己胸口，用力一抱楊康，鐵槍透骨抵心，一痛而逝。」這樣的形象更符合守節而剛烈的穆念慈。

二版將秦南琴改成穆念慈，穆念慈就必須成為楊過母親，也必須撫育楊過長大，因此不能以身殉楊康，雖說二版仍不違穆念慈一向遵奉傳統相夫教子的性格，但與一版的自殺相較，節烈形象還是大打折扣的。

因為一版秦南琴的相關篇幅頗多，因此在改版過程中，金庸定然有過一翻頗費腦力的增刪取捨。然而，於小說的圓融度來說，刪除秦南琴，雖難免衍生一些問題，但因此而解決的疏漏更多，對小說的完整性與單純性助益也更大。

無論如何，在金庸的魔術下，秦南琴確實不見了，巧克力加入牛奶，融成了巧克力牛奶，秦南琴與穆念慈合體，兩人在二版變成了一個人，單是品味這段改版，就已經趣味十足！

第二十六回還有一些修改：

一．二版傻姑說到老頑童，說他是「白髮老頭兒」，新三版改為說他是「長頭髮老頭兒」。

二．二版曲靈風留給黃藥師的遺書，開頭寫「字稟桃花島恩師黃尊前」，新三版改為「敬稟桃花島黃島主尊前」，因為「弟子敬稱島主，不敢擅呼恩師」，新三版更符合曲靈風被驅逐出桃花島的心情。

三．歐陽克死後，黃藥師拿著歐陽克文囊，歐陽鋒問黃藥師為何拿歐陽克之物，二版黃藥師說：「桃花島的總圖在他身邊，我總得取回啊。」新三版再加上一句：「只可惜文囊在他身上，囊中那張總圖卻不見了。」這段增寫是要銜接楊康拿走桃花島總圖上桃花島，因圖而識得桃花島路徑，並因此殺害江南五怪之事。

四．一版裘千仞的「五毒神掌」，二版改名「鐵掌神功」。

五．魯有腳出場時，一版說他從屋樑上「騰」的一聲摔了下來，震得樓板上塵土飛揚，他才摸摸屁股慢慢爬起身來，二版刪去了這段滑稽的出場。或有可能是因《倚天》何足道也有這樣跌下來的一幕，兩段情節雷同，方刪去此段；此外，一版魯有腳自稱是丐幫的「第二長老」，二版改為「西路長老」，稱號的改寫應是因為丐幫四大長老並無排序之慣例。

六．金庸在新三版中提到一則趣事，說二版他原將岳州寫在「荊湖南路」，但遠流出版社鄭祥琳小姐細心考究宋金元地圖，發現岳州原來是在「荊湖北路」，因此他已在新三版做出修訂。

看癩蛤蟆跟小青蛙大戰——第二十七回〈軒轅台前〉版本回較

一版《射鵰》經由改版而被大篇幅刪除的情節，除了秦南琴的相關故事外，還有「蛙蛤大戰」的一大段奇聞。

秦南琴的故事與蛙蛤大戰有所交集，兩事的交集點在迫害秦家的喬縣令，喬縣令是鐵掌幫弟子，而引發蛙蛤大戰的，也是鐵掌幫幫眾；此外，綁架秦南琴，以及安排青蛙與蛤蟆對戰，都起因於鐵掌幫幫主裘千仞想創造更高明的武術。

蛙蛤大戰是在郭靖、黃蓉二人重逢，離開秦南琴之後，兩人沿途邊走邊玩，路經某處農田所見的奇事。

靖蓉二人所見，是六、七蛤王坐鎮的數百蛤蟆大隊，蛤王約有其他蛤蟆的六、七倍大，群蛤「閣閣」叫聲，彷若雷響；與蛤蟆對頭的蛙群中，一隻小青蛙先出來叫陣，蛤群則派一黃皮大蛤與之以聲音相鬥，結果大蛤鳴聲嘶嘎，用力過猛，竟把肚皮鼓破而亡。

之後，六隻大蛤追擊小青蛙，蛙群也躍出二、三十隻青蛙出場對陣，兩相對立，黃蓉忽然發現，原來在蛙蛤的先鋒與探子後面，兩方竟都各有數千數萬蛙蛤大隊，列隊待戰。

蛤王一聲令下，百餘蛤蟆率先掠陣，蛙群先鋒隊則頭外尾內圍成一圈，每隻蛤蟆躍起，就有一隻青蛙犧牲自己對撞防衛。衝不進蛙群的蛤蟆又思一計，即疊羅漢成高台，再由高處躍入蛙陣圓心，造成蛙陣瞬間大亂。

蛙陣敗退，被蛤陣逼至池塘邊，青蛙反守為攻，由池塘游水至蛤陣的後方及側翼進攻，蛤蟆不善游水，被蛙群攻擊而彼此推擠，終於紛紛落水而亡，蛙隊大勝。

說來蛙蛤大戰其實並非自然界的生物現象，而是人類在背後驅使。農民希望青蛙獲勝，因為青蛙可食害蟲以保農作物，蛤蟆則由鐵掌幫飼養，飼蛤的目的乃是準備以蛤蟆捕蛙回去餵蛇。

蛤軍敗後，鐵掌幫眾便要放出毒蛇吃蛙，但被農民制止，鐵掌幫眾憤而要毒蛇咬殺農家小孩。

此時丐幫的黎生與余兆興二人恰在現場，因看不慣鐵掌幫欺人，黎余二人遂殺蛇，並灑下有硫磺味道的黃色粉末以阻蛇。但鐵掌幫之蛇甚奇，竟一蛇接一蛇，咬住前蛇尾巴，成為數十條「蛇鍊」，並由空中甩過黃色粉末畫下之線。

就在眾人束手無策時，黃蓉放出血鳥。蛇群被血鳥或殺或傷，驚逃而去，蛇奴則遭血鳥啄眼，無法再作惡。

至於鐵掌幫飼養蛤蟆跟毒蛇的真正原因，乃是因為裘千仞準備在二次「華山論劍」時擊敗歐陽鋒，於是以觀蛙蛤之戰參悟破解蛤蟆功之術，並養毒蛇參詳破解歐陽鋒蛇陣之法。

說來裘千仞的練功之法確實匪夷所思，若是觀察青蛙、蛤蟆與蛇群就能擊敗歐陽鋒，那麼，以現今的角度看，裘千仞要學絕頂武功，只要走一趟動物園或打開電視，觀賞動物頻道就可以。

然而，雖說這段情節非常新奇有趣，但或許又過度荒誕無稽，因此二版將這段刪得隻字不留。

不過，刪除蛙蛤大戰，還是難免牽動後面的故事，譬如楊康冒名頂替到丐幫當幫主，當裘千仞到場問罪於黎生、余兆興二人時，一版裘千仞問的就是黎余二人為何殺他鐵掌幫之蛇，二版則配合「蛙蛤大戰」刪除，改成是因黎余二人看不慣鐵掌幫眾欺壓良民，擄掠婦女，這才與鐵掌幫交手，也才開罪於裘千仞。

此外，一版裘千仞因請蓉二人傷害鐵掌幫弟子，故而請求丐幫懲治這兩人，而經過改版修訂之後，二版裘千仞與郭黃二人即是從無過節的。

觀摩動物的動作，從而創作高明的武功，這並不是金庸的突發奇想。《三國志．華陀傳》曰：「吾有一術，名五禽之戲：一曰虎，二曰鹿，三曰熊，四曰猿，五曰鳥，亦以除疾，並利蹄足。」「五禽戲」的功法動作即與動物的姿態形似。此外，在中國武術中，亦有「白鶴展翅」、「鯉魚打挺」等招式，功法施展均與動物仿形。

現今流行的氣功中，有一派是「自發功」，發功時也會有如同猴子等五禽戲的動作，但這樣的功法是人的練功姿勢像猴子，而不是人刻意去模仿猴子的動作來練功，這與裘千仞觀察青蛙對抗癩蛤蟆而學武功是完全不同的兩碼事。

觀看禽獸動作，學習武功招術，說來還是可行的，學武之人在武術創作面臨瓶頸時，的確可以從禽獸身上找靈感，參考禽獸的動作，再融入自己的智慧，或許真的可以創作一些招式。

以裘千仞之流的絕頂高手資質，說不定真能因為觀察禽獸的動作而意外頓悟一些功法，但這卻不是人人學而可得的能力。倘若學習禽獸動作就可以練得武功，那麼，小朋友唱跳「小蜜蜂」、「蝴蝶歌」，或是玩過獨角仙對戰遊戲後，全都可以上陣比武了。然而，就算是武學高手，若僅只觀看禽獸的動作，而不具備內外功等武術基礎，即使學得鶴擊熊撲，那也只像傻姑學武，徒有其形而非真功夫。

而這一段裘千仞觀青蛙鬥癩蛤蟆，並從中學武的情節，被刪掉的可能原因之一，就是這段故事確實太「卡通」了。如果觀察青蛙、癩蛤蟆與蛇，就能擊敗天下五絕之一的西毒歐陽鋒，那麼，要破解黃藥師的「桃華落英掌」，只須觀賞庭園中桃花飄落的景象；要破解洪七公的「打狗棒法」，只須到公園觀看流浪狗互搏相咬；要破解一燈大師的「一陽指」，也只須伸出自己的手指細參即可。

如果連天下五絕的武功都可以這樣輕鬆破解，那麼，所謂的武功豈不是流於童話、神話與笑話？

第二十七回還有一些修改：

一．因為昏庸而未妥善處理幫中污衣、淨衣派內鬥的丐幫第十七代幫主，二版叫「錢幫主」，新三版改為「石幫主」。

二·關於裘千仞的掌力，一版說他搶得簡長老的鋼棒後，本要折斷，卻因太堅韌，只將之折彎，最後折成一圈一圈纏在左臂上，再將此「鋼彈簧」射出，杖頭射入山石，沒至鋼圈；二版將裘千仞的功力減弱，改為他將鋼棒折彎後，就射入山石；新三版再進一步弱化裘千仞的掌力，改說他直接拿鋼杖射入山石，連折彎都沒有了。

三·黃蓉從楊康身上奪回打狗棒後，二版是對丐幫幫眾高呼：「眾兄弟過來，請聽我說洪幫主消息。」新三版改為黃蓉高喊：「眾兄弟過來，洪幫主平安大吉，正在大吃大喝，每天吃三隻叫化雞。」新三版黃蓉將洪七公抬出來，更能說服丐幫幫眾，這樣的語言極適合當時混亂的狀況。

四·一版魯有腳攻擊裘千仞時，吐了裘千仞一口濃痰，結果「正中面門，雖然不痛不癢，卻不免怔了一怔。」但裘千仞是跟五絕近乎同樣武功等級的高手，焉能為魯有腳濃痰所加身？二版改為「裘千仞側頭避過，見他怪招百出，不覺一怔。」

五·郭靖救魯有腳，右掌拍魯有腳後臀，但受力之點卻在裘千仞雙臂，一版稱此功為「隔山打牛」，二版將功名刪了。

裘千仞以蛇毒練「五毒神掌」——第二十八回〈鐵掌峯頂〉版本回較

郭靖、黃蓉被「裘千仞」搞迷糊了，明明每次看到的都是「裘千仞」，但歸雲莊遇見的那位「裘千仞」根本就是膿包，怎麼君山看到的這位「裘千仞」，又是貨真價實，足可一上華山，與五絕論劍的高手呢？

在岳陽樓，靖蓉二人再次巧遇「裘千仞」。老是用「屎遁」逃走的「裘千仞」，這次跟黃蓉定下七日之約，要黃蓉七日後到鐵掌山，見識他的厲害。

原來「裘千仞」是孿生兄弟檔，只會嘴皮功的膿包是哥哥；外號「鐵掌水上飄」，身居幫主之位的則是弟弟，弟弟才是真正的武林高手「裘千仞」。

靖蓉二人上鐵掌山赴會後，正巧瞄到正牌裘千仞在練功，一版裘千仞練的是「五毒神掌」。「五毒神掌」的練法是這樣的：兩個小童拉風箱使大爐火熱，爐上置一大鍋，小童再將毒蛇丟進鍋中。裘千仞先是吸這鍋「蛇湯」的熱氣，接著，將雙手插入鍋中，讓雙掌在毒蛇液中熬煉，直到忍無可忍才拔掌，再回手掌擊懸在半空的布袋。

鐵掌功有其罩門，比如裘千仞打了黃蓉一掌後，因打中軟蝟甲而出血，他自己就大為緊張，因為：「他練鐵掌功時先用毒蛇汁液熬煉，毒氣深入掌中，出手時狠毒無比，但若手掌為別種毒物所傷，而此種毒物之性又與毒蛇相剋，發作出來可非同小可。」

「五毒神掌」當真不可思議，不知練掌的裘千仞所用的毒蛇是富含神經毒的眼鏡蛇？血液毒的百步蛇？還是混合毒的鎖鍊蛇？

且不說蛇毒是蛋白質，被高溫一煮，只怕破壞殆盡，更詭異的是，不管是神經毒還是血液毒，裘千仞若真的這般練掌，雙掌的神經跟血液循環應該早被損傷到近乎全廢了吧？難道五毒神掌是要將雙掌練出一大層厚厚的含毒死皮嗎？

或許這樣的練功之法過於荒誕，二版因此做了修改，二版裘千仞練的是「鐵掌神功」，練法則是「將雙掌在鐵沙中熬鍊，隔了好一陣，這才拔掌，回手拍的一聲，擊向懸在半空的一隻小布袋。」。

經二版這麼一改，裘千仞就不須再用蛇毒自虐雙手了。

【王二指閒話】

海內外許多讀者的休閒活動之一，都是看金庸小說。金庸小說不只寫盡人生百態，也有著豐富的娛樂性，工作倦勤之時，只要讀幾頁金庸小說，往往就能讓人心曠神怡。

小說具有豐富的想像力，而讀來「好玩」的娛樂性，原本可以讓讀者會心一笑，但若是「好玩」過了頭，甚至還涉及傷害，是不是仍算「好玩」，就有待商榷了。

西洋的超人英雄中，蜘蛛人可以靠髮絲般的細線跳躍在都市樓宇間，蝙蝠俠則張開雙翼就能從高樓躍往地面，鋼鐵人更甚至穿上鋼鐵裝就可以飛過大氣層，進入太空中，這些純粹都是「好玩」的電影特效。

那麼，裘千仞這充滿想像力的蛇毒練掌之法，於小說而言，到底算不算是「好玩」呢？

至少從醫學的角度來看，這種練功法不造成雙掌殘廢都很難。

讓蛇毒侵入雙掌皮肉中，卻能不引發身體的免疫反應，也不會導致神經麻痺或出血不止，除非裘千仞天賦異稟，否則真的是小說的娛樂效果了。

青少年往往戲說讀武俠小說是「練功」，確實也有青少年朋友照著武俠小說的法門習武。據說在還珠樓主《蜀山劍俠傳》風行一時的年代，就真有青少年上峨嵋山尋覓劍仙，還甚至因此而一去不返。

不是每位讀者都分辨武俠小說作者的創意是「真實」?還是「好玩」?倘使有人看過裘千仞「五毒神掌」的練功法，卻一時不察，不但沒當它是「好玩」的小說效果，還視它為真正的練功法門照本宣科習練，那豈非有致人傷亡之虞?因此金庸刪了這段，也算考慮了讀者的安全。

「五毒神掌」確實只是「好玩」，我們可以拿它再做個更好玩的想像：話說裘千仞擁有特異體質，可以將蛇毒練到自己的雙掌中，卻能自己不中毒，並且能打得別人毒發身亡。

某個夏夜，當裘大幫主在庭院乘涼時，一隻蚊子停在裘大幫主臉上吸血，裘大幫主當場反射性地往臉上一拍……。

只怕這麼一拍，蚊子不一定被拍死，裘千仞卻已經臉頰中蛇毒，更因此一命嗚呼了。

第二十八回還有一些修改：

一．黃蓉故意在丐幫長老面前使出洪七公武功以徵眾人之信，二版黃蓉使的是一招「混天功」，新三版改為「逍遙遊」。

二．黃蓉打敗梁長老後，簡長老接著上場，二版有一段故事說，郭靖因為擔心黃蓉不敵簡長老，因此先使「降龍十八掌」代黃蓉出頭。但金庸或許考慮這是黃蓉繼位幫主的立威之戰，由「幫主男友」代打著實不妥，新三版因此將這段郭靖與簡長老交手的情節全數刪除。

三．彭長老心術不正，圖害黃蓉，二版黃蓉將他貶為「八袋弟子」，新三版改為地位更低的「四袋弟子」。

四．裘千仞練功的石屋，二版是「五開間」，新三版改成「三開間」。

五．二版提到鐵掌幫史蹟時，說到裘千仞執掌鐵掌幫後，曾經「鐵掌殲衡山」，把衡山派打得一蹶不振，新三版將這樁無關緊要的事蹟刪了。

六．彭長老心神為黃蓉反攝，狂笑不止，一版黃蓉令簡長老點其「通谷穴」與「商曲穴」，二版將穴名刪了。

七．裘千仞的兄長，一版名為「裘千里」，二版改為「裘千丈」。此因「里」為距離單位，「丈」才與「仞」一樣，是高度單位。二版「裘千丈」還自誇說：「『千丈』比『千仞』長了三千尺。」

八．雙鵰負靖蓉二人下鐵掌山，裘千丈抱著黃蓉上雌鵰，一版說小紅鳥（血鳥）將裘千丈啄瞎，裘千丈雙眼吃痛，伸手拭眼，因而墜落身亡，二版因血鳥已刪，改為白鵰回頭啄裘千丈頂門，裘千丈伸手抵擋而墜落。

九．裘千仞欲逼鐵掌山上的靖蓉二人下山，一版是以成千成萬毒蛇湧上峰，二版因已刪去裘千仞養蛇之事，故此改為鐵掌幫眾上山圍攻，並放火燒山，將靖蓉逼出。

黃蓉唱趙敏年代的流行歌曲——第二十九回〈黑沼隱女〉版本回較

黃蓉為裘千仞所傷後，接受瑛姑的指引，決定上山尋段皇爺求治，但在見到段皇爺之前，必須依次通過漁樵耕讀這四關，每關都有特別的難題，通過一關考驗後，才能繼續前往下一關。

漁樵耕讀中的「樵」這關，考的是「歌唱」，靖蓉二人先聽他唱三首元曲「山坡羊」，就是「疾，是天地差！遲，是天地差！」、「功，也不長久！名，也不長久！」、「興，百姓苦！亡，百姓苦！」這三首，黃蓉與他唱和，唱的曲牌也是「山坡羊」，即「貧，氣不改！達，志不改！」這首。

在二版中，黃蓉會唱這首小曲，是因為「在桃花島時曾聽父親唱過此曲」，只是把最後兩句稍微改了改，唱出來將樵子推崇一番，討樵子歡心，後來也就順利過關了。

然而，黃藥師或黃蓉怎可能會唱元代張養浩等人所做的「元曲」呢？大家都知道「唐詩、宋詞、元曲」，不同的年代流行的文學與歌曲也各有不同，黃蓉是南宋人，怎麼會唱起百年後元朝趙敏時代的流行歌曲呢？莫非黃蓉學會了時空穿越，曾以「時間旅人」之身，進入過未來？

為了幫「黃蓉唱趙敏年代的流行歌曲」解套，新三版中，金庸增寫了大大的篇幅，為讀者解惑。這段增寫的情節是：話說靖蓉二人離開瑛姑，尚未見到漁樵耕讀之前，先聽到一位老人在唱當時已經「到處流唱」的「山坡羊」，唱歌者自稱姓楊，楊老者歌畢後詳細對靖蓉二人解說「山坡羊」的典故。

原來「山坡羊」流傳至黃蓉的年代，已經三百多年了，至於在雲南之地流傳，是因為唐明皇年間，楊國忠兩度派兵遣將，前後分別令鮮于仲通與李宓率八萬及七萬人攻打南詔（即後來的大理），但當時的大理在國王閣羅鳳治理下，國強兵壯，唐兵兩番進攻，兩番大敗。楊老者的祖上是唐兵中的小軍官，兵敗後在雲南落腳，娶了當地的擺夷女子，子孫數代傳至楊老者。

楊老者唱的「山坡羊」，就是祖宗傳下來，當年在唐朝京城長安的流行歌曲，當時的貴裔庶民很多人都會唱，此外，在「注」中，金庸還直言：「此『山坡羊』諸曲或真出自唐人手筆，流傳後世，元人張養浩聞而善之，加諸筆錄，後人遂訛以為張所自作，亦非無可能。」

原來如此，照「金庸說法」，在唐、宋、元三個朝代，詩、詞、曲都是流行傳唱的，而所謂「唐詩、宋詞、元曲」只是說那個朝代「最流行」的主流歌曲，而不是單一種的時代旋律；所以，李白跟杜甫也可能一起喝酒唱元曲，當然，比黃蓉還早出生的王語嫣、阿朱，亦有可能早在北宋，就在姑蘇唱元曲了。

新三版亦隨這段增寫情節將黃蓉會唱「山坡羊」的原因做了改寫，原來黃蓉能唱「山坡羊」，並不是如二版所說傳授自黃藥師，而是聽到楊老者唱曲，記起來之後現學現賣。

此外，新三版還將二版那首「山坡羊」的字詞做了修改，開頭一句「青山相待」改成「清風相待」，最後一句「貧，氣不改！達，志不改！」改為「貧，氣如山！達，志如山！」如此唱來更豪邁，更符合樵子的氣勢，也能讓樵子更歡喜。

【王二指閒話】

梁羽生曾經以佟碩之為筆名寫過一篇文章，批評《射鵰》中的黃蓉「宋代才女唱元曲」實在太不合理，更何況《射鵰》書中所唱的元曲，作者皆有名有姓，樵子唱的那三首是元曲大家張養浩的作品，黃蓉唱的那首則是宋方壺的作品。

金庸讓他小說中的宋朝人物唱出元代人創作的小曲，這樣的作法梁羽生極不認同。

為了回應梁羽生的評論，金庸在新三版增寫「注」說：「評者以本書『宋代才女唱原曲』為笑，作者撰寫武俠說部，學識淺陋，於古代史實未能精熟，但求故事生動熱鬧，細節不免有誤。」雖說自謙如此，但或許梁羽生的說詞真的讓金庸感覺不太舒服，因此才在新三版增寫了楊老者這段故事，為「宋代才女唱元曲」解套。

金庸改版時曾博取諸方意見，然而，金庸似乎比較喜歡及包容讀者的建議，在《射鵰》的後記中，他曾說過：「修改時參考了臺灣網頁『金庸茶館』中諸網友，以及不少讀者們的寶貴意見。」比如先前提過的「陳玄風胸前刺青《九陰真經》」、「郭靖療傷其間無法大小便」的問題，都是讀者的疑惑，金庸也都尊重讀者的意見，將情節做了修改，以求合理。

相較於對讀者意見的虛心接納，金庸對學者方家的非難、指責或譏諷，有時不只不會照他們的意見修訂，還會將原寫法合理化，或甚至增寫文章反駁，譬如葉洪生在《「偷天換日」的是與非》一文中，曾說「前後兩次『華山論劍』……洵未見有任何一人是在『論劍』，動手不動口倒是真的。」針對葉洪生的說法，金庸在新三版第十回增寫注說：「國人用詞文雅，常虛指以待實物，如請人『吃飯』，並非當真饗以白飯三大碗，而是雞鴨魚肉、美酒佳餚，反而並無白飯，因此『論劍』乃雅稱，並非當真須長劍短劍，口論舌辯也。」

關於梁羽生「宋代才女唱元曲」的質疑，金庸的回應之道也是如此。以金庸的才學，大刀闊斧將雜散各回的「陳玄風刺青」相關情節逐一進行修改，尚且不是難事，更何況只是將學者們有疑義的「元曲」刪修掉？譬如說，他只要援引「宋詞」，將黃蓉與樵子相唱和的歌曲改為「宋詞」即可，然而，依金庸的個性，似乎學者越是非難，他越要展現「拗」性格，非要將學者說的不合理轉說成合理不可。

這樣的金庸能算「強辯」、「硬拗」嗎？或許金庸更想呼應讀者而吶喊的是，讀小說主要還是為了休閒娛樂，多數讀者並不會以學術的心態追根究底，更何況武俠小說本來就不是歷史小說，過度講究符合史實，反而會造成小說創作綁手綁腳的反效果。

讀者喜歡的小說是情節精彩好看，只要入情入理，並不必事事完全符合史實，評論者若只在史實上下功夫，那也是對武俠小說的吹毛求疵，至於學者與作者的論辯，於讀者而言，或許就聊當小說中穿插的趣味，讓讀者們在掩書之餘，可以多些關於小說的趣談可以閒話。

第二十九回還有一些修改：

一．黃蓉指導郭靖走瑛姑所佈之陣，二版說「向右斜行十三步」，新三版改為「再轉身倒走十三步」。

二．黃蓉向瑛姑講述洛書之圖，二版黃蓉鄙夷瑛姑，說如此神妙變化，「諒你也不知曉。」新三版將黃蓉改得較有禮貌，說的是：「你或者未曾聽過，其實那也不足為奇，只不過有人教過我而已。」雖說新三版講求「禮貌原則」，但二版黃蓉言談間的傲慢似乎更符合其一貫性格。

三．郭靖使出「亢龍有悔」，要將瑛姑擊開以奪門而出，二版說郭靖用三成勁道，新三版改為只用二成；而後郭靖又以降龍十八掌與瑛姑對打，二版說郭靖掌力留下三分，新三版改為留下八分。

四．黃蓉受傷，二版郭靖並沒有先試圖救治，新三版增寫了郭靖救治黃蓉的一段，說及郭靖一運內功給黃蓉，黃蓉馬上吐血，瑛姑還從旁提醒他：「你輸送內力給她，只有提早送了她命。」

五．郭靖防禦漁人傷害黃蓉，二版是使「見龍在田」一招，新三版改為「潛龍勿用」這招；而後郭靖至瀑布中抓金娃娃，二版是用「飛龍在天」與「潛龍勿用」兩招，新三版改為「或躍在淵」與「見龍在田」兩招。

六．關於耕人之牛的重量，一版說是「二百斤上下」，二版加重為「三百斤上下」。

郭靖看幾眼就學會了一陽指——第三十回〈一燈大師〉版本回較

郭靖、黃蓉二人經過重重阻攔，終於覓得一燈大師。慈悲為懷的一燈大師同意施展一陽指神功，為黃蓉療癒受裘千仞掌擊之傷。

郭靖在一燈大師身邊，照看黃蓉並觀摩一燈大師對黃蓉施功，只見一燈大師使出「一陽指」，從黃蓉的百會穴一路點將下來，點了三十處大穴，竟使用了三十種不同的手法，在一旁的郭靖簡直就是在欣賞武術示範教學，幾乎忍不住拍手稱好。

接著，一燈大師又在黃蓉的任脈二十五穴及陰維脈十四穴下指，最後再把黃蓉的帶脈打通。經一燈大師妙手回春後，原本被裘千仞一掌打得奄奄一息的黃蓉，體況瞬間回復正常，人也慢慢恢復了健康。

一燈大師為黃蓉治病已屬一奇，而更奇妙的是，當一燈大師忙於施展一陽指為黃蓉療病時，郭靖在一旁用心觀看，雖說一燈大師並沒有解釋一陽指的心法要訣，不過，在一版《射鵰》中，郭靖只這麼看幾眼，就已經學得了幾手「一陽指」，並且更自認有這幾手一陽指後，「我想要勝過裘鐵掌是有所不能，但和他對耗一時三刻，那是一定能成的。」

而後郭靖與洪七公重逢，還高興地告訴洪七公：「師父，一陽指的功夫我也學會了，我來給您通脈。」

再後來郭靖在蒙古軍中見到歐陽鋒，一版郭靖還真的使出「一陽指」點過歐陽鋒，不過因為功力不足，並未如王重陽一般破解蛤蟆功。

當真如一版所述，郭靖果然「聰明伶俐」，竟然瞄幾眼就學會了一陽指。看來王重陽跟段皇爺千里迢迢來回大宋與大理做「一陽指」教學，太也浪費時間，若以現代的角度看，「一陽指」只要拍成DVD，即使不經師父解說，也沒有旁白說明，單看師父表演，亦能心領神會自成神功，這樣的功法豈不是既簡單又粗糙？

二版將郭靖學會一陽指的情節刪除了，回復郭靖老實且獃頭獃腦的形象，當黃蓉問他有沒有趁一燈大師療病之機學得一陽指時，郭靖說：「你知我資質魯鈍，這點穴功夫精深無比，那能就學會了？何況大師又沒說傳我，我自然不能學。」

有人教都不見得學得會了，沒人教還怎麼能學得會？這才是郭靖的一貫形象。

而功法精深奧妙，不是任何人瞄幾眼就能窺其堂奧，這也才像南帝一燈大師的獨門絕活「一陽指」。

於江湖俠士來說，「博學」當然是好事，然而，武林高手將天下武功一手掌握，悉數抓在手中，這會是武俠小說創作的必然邏輯嗎？

郭靖授業於江南七怪，這好比將七種水果萃取混合成一杯果汁，七人的武功精縮於一人身上。而在一版《射鵰》中，或許金庸仍想比照江南七怪的模式，將天下五絕的武功全都挹注到郭靖、黃蓉這對「白鵰俠侶」身上，讓靖蓉二人「海納百川以成其大」。因此，黃蓉除家傳黃藥師的武學外，又學得了洪七公的「逍遙拳」與「打狗棒法」，郭靖則得天獨厚，擁有王重陽的《九陰真經》、周伯通的「空明拳」、以及洪七公的「降龍十八掌」，如果他真能再學得一燈大師的「一陽指」，那麼，除了歐陽鋒的蛤蟆功外，郭靖與黃蓉就完整學得天下五絕的絕學了。

金庸在其早期作品中，塑造小說主角往往偏重「海納百川以成其大」，當然，「博而精」是很好的，但既要男主角「少年有成」，又要他們成為「武功百寶箱」，想來著實有些強主角之所難，因此在後期作品中，金庸也有了轉變。

【王二指閒話】

塑造郭靖與楊過時，金庸盡可能讓他們的武功包羅萬象，亦均學得天下五絕的精華，不過，從張無忌以後，金庸就開始做轉變，男主角不再南腔北曲，什麼都唱了，只要俠士們把握住自己的主題曲或主打歌，練成歌王就可以，因此，張無忌只須精熟「九陽神功」與「乾坤大挪移」，喬峰只須精熟「降龍廿八掌」、令狐沖只須精熟「獨孤九劍」，金庸就讓他們縱橫天下，當者披靡。

當然，也有可能郭靖是金庸創造的男主角中，「最笨」的一個，因此郭靖無法像喬峰這樣，二十八招降龍掌，遇到任何高手都能揮灑自如。而若是郭靖能擁有更多樣化的武功，他就可以在臨敵時，因應不同敵人而選用不同的武術。

然而，郭靖已經學會了降龍十八掌、空明拳及九陰真經，這些功法理當足夠他臨敵時隨機應變。學習是過猶不及的，過多的功法對郭靖這個笨孩子來說也是負擔，因此二版減去「一陽指」這一項，也算稍微饒過了郭靖的腦筋，至少在臨敵選擇時，郭靖的腦子少一個必須打轉的區塊，會讓郭靖腦袋輕鬆一些，應變也更快速一些。

第三十回還有一些修改：

一．黃蓉與朱子柳的「辛未狀元」猜謎，本是出自明代馮夢龍所編的《古今譚概》，金庸引為己用，但一、二均未註明出處。新三版不再掠馮夢龍之美，金庸在此版中加寫黃蓉說了句：「這是個老得掉了牙的謎語，本來難猜，幸好我早聽爹爹說過。」

二．裘千仞一掌加於黃蓉，郭靖使用《九陰真經》的「療傷章」，卻無法治療黃蓉，新三版增寫說明，原來郭靖若與黃蓉對掌，是「引動自力自療」，但黃蓉受傷太重，需要的是一燈大師以一陽指「他力外療」，所以郭靖的方法不適合黃蓉。

三．郭靖、黃蓉二人對一燈大師的稱呼，二版是「大師」、「伯伯」，新三版多處改為既親切又切合武林慣用的稱呼「師伯」。

四．郭靖與漁樵耕讀交手，一版郭靖曾用從全真七子身上學得的「天罡北斗陣法」，將黃蓉與自己籠罩在掌力下，二版將「天罡北斗陣法」刪除了。

王重陽的絕學到底是一陽指？還是先天功？

——第三十一回〈鴛鴦錦帕〉版本回較

為了爭奪天下武術第一寶典《九陰真經》，東邪、西毒、南帝、北丐、中神通五位絕頂高手一起到華山上廝殺，大戰七天七夜，最後，王重陽技壓群雄，獨得了《九陰真經》。

然而，即使擁有「天下五絕」的高名，關於「華山論劍」的結果，諸大高手卻是願賭又不願服輸的，擁有《九陰真經》的王重陽懷璧其罪，論劍以後，他得防禦高手們前來偷盜此書。

果不其然，王重陽行將駕鶴西歸時，歐陽鋒來了，而王重陽生前所做的最後一件事，就是先到棺材中假死，等歐陽鋒前來盜經，再對他重重一擊，將他嚇走。

關於王重陽在生命的最後時刻，使用以大破歐陽鋒「蛤蟆功」的功夫，一、二版都說是「一陽指」，新三版則改為「附有先天功的『一陽指』」。

這王重陽使「一陽指」大破歐陽鋒「蛤蟆功」的情節，其實是讓細心的二版讀者們大惑不解的，因為王重陽獨步天下的功夫是「先天功」，他投注畢生心力，耗費偌大心血創造、修練以及發揚光大的武術，也是「先天功」。那麼，為什麼在生命的最後時刻，準備將歐陽鋒痛擊得永遠不敢再起偷《九陰真經》之想時，王重陽使用的卻是跟段皇爺交換來的「一陽指」呢？既然「一陽指」是交換來的功夫，又怎麼可能會是王重陽最精熟的武術？

若想抽絲剝繭，將「先天功」與「一陽指」的來龍去脈探索清楚，我們得先從王重陽到大理跟段皇爺交換武功的過程談起。關於兩人的武功交換，二版說的是「重陽真人千里迢迢來到大理，主旨是要將先天功傳給段皇爺，要在他身死之後，留下一個剋制西毒歐陽鋒的人。」而交換武功乃是因為「王重陽若說前來傳授功夫，未免對段皇爺不敬，是以先求段皇爺傳他一陽指，再以先天功做為交換。」

經過二版這麼一說明，相信讀者們完全陷入了五里迷霧中，越看越迷糊。「先天功」與「一陽指」這兩套功夫，究竟可以剋制歐陽鋒的是「先天功」還是「一陽指」呢？如果是先天功，為什麼王重陽最後是用一陽指將歐陽鋒嚇跑？而如果是一陽指，為什麼王重陽還要千里迢迢前往大理傳授段皇爺先天功，以剋制歐陽鋒？此外，若是只有一陽指才能嚇跑歐陽鋒，也就是只有一陽指才能制伏蛤蟆功，那麼，當初華山論劍時，理當是段皇爺得到天下五絕之首，並贏得《九陰真經》才是，怎麼又會是王重陽勝出？

「先天功」與「一陽指」之所以會變成一團迷糊帳，原因就在於一版到二版的改寫，本來在一版的故事裡，王重陽的絕技是「一陽指」，段皇爺的武功才是「先天功」。因此，一版寫到中神通與南帝交換武功的句子，與二版完全相反，一版說的是「重陽真人千里迢迢來到大理，主旨是要將一陽指傳給段皇爺，要在他死後留下一個剋制西毒歐陽鋒的人。」而交換武功則是「王重陽若說前來傳授功夫，只怕對段皇爺不敬，是以先求段皇爺傳他先天功，再以一陽指做為交換。」

回溯一版最初始的故事後，相信讀者們瞬間撥雲見日，馬上明白了。原來從一版到二版，王重陽跟段皇爺的一陽指與先天功被金庸掉包了，然而，武功可以對調，故事卻沒辦法完全修改，因此才會變成一團迷糊帳，讓讀者如墜五里霧中。

雖然從二版修改為新三版時，金庸試圖藉由再次改寫王重陽最後嚇走歐陽鋒的功夫，以求故事的圓融，因此將「一陽指」再改為「附有先天功的『一陽指』」，但依然無法回復一版原創意的流暢，因此即使新三版比二版更周延，讀來還是讓人覺得有些不對頭。

至於二版將「先天功」與「一陽指」調包的原因，那完全是為了配合《天龍八部》。本來在一版《射鵰》中，大理段家的絕學是「先天功」，但後來金庸創作《天龍八部》時，又決定將大理段家的家傳武藝改為「一陽指」，兩書先後完成之後，在一版改寫為二版時，為求《天龍》與

《射鵰》兩套故事的扣接，成功將兩書接軌，金庸選擇成全後期寫就的《天龍八部》，讓段譽一家人擁有「一陽指」，因此只能修改早期寫的《射鵰英雄傳》中的段皇爺武功，讓段皇爺的絕學由「先天功」變成「一陽指」。

若不經版本的追本溯源，將三種版本逐一拆解，只怕讀者想破了頭，都無法釐清「先天功」與「一陽指」的這一本迷糊帳。

【王二指閒話】

金庸在草擬《天龍八部》故事大綱時，原也可以將《天龍八部》寫成一部獨立的小說，那就像為張無忌打造一個無關《射鵰》及《神鵰》的明教一樣，他大可為喬峰編造一個丐幫以外的幫派，譬如青城派、巨鯨幫什麼的，那麼，喬峰與《射鵰》及《神鵰》的書中人物，就沒有幫派的傳承關係，此外，金庸也可以為段譽安排一個大理之外的世家，就像慕容世家，如此一來，段譽就不會跟《射鵰》沾上邊。

然而，我們先前談過，金庸很希望架構出自己的「金庸版江湖史」，在「太史公金庸」所著的「金庸江湖史」中，既有「游俠列傳」，包含郭靖、楊過等獨立俠士的故事，也有「世家列傳」。所謂的江湖世家，於金庸武俠小說而言，就是書系中一脈相傳的幫會、教派、世家等等，如大理段家與丐幫，皆為金庸筆下的世家。

何以金庸會獨厚丐幫與大理段家，讓這兩個在《射鵰》中頗享盛名的組織成為《天龍八部》中的重要幫會與世家呢？可能的原因之一是，金庸在創作《天龍八部》時，已因「射鵰三部曲」而頗享文名，或許他會希望《天龍八部》是《射鵰》故事的向前延伸，也就是「射鵰英雄前傳」。

射鵰若要往前延伸，哪些人物可以回溯其祖先或前輩呢？逐一細看，《射鵰》的人物中，郭靖的祖上賽仁貴郭盛已經名列《水滸傳》，當宋江手下的梁山好漢去了，而天下五絕中，桃花島的黃藥師、白駝山的歐陽鋒與全真教的王重陽，三人皆是創派始祖，亦無法向前延伸。真能往前展延故事的，只有洪七公及其所屬的丐幫，以及段皇爺與大理段家。

因此《天龍八部》的主軸就是大理段家與丐幫，而享有偉名的武林世家，總須配有響噹噹的武術，成其百年老店的招牌。丐幫擁有的是金庸最得意的獨創武功之一「降龍十八掌」，而大理段家又該配給他們什麼獨門絕技呢？

相信金庸的內心必然有過掙扎，畢竟在一版《射鵰》書中，眾所周知大理段家的金字招牌是「先天功」。然而，「先天功」一名並不響亮，所謂響亮的武功是，一看就知道是掌名、拳法或劍術，並且讓讀者一聞其名就能感受到強烈的力量感，這樣的武術才能讓人感覺「響噹噹」。

若與「一陽指」相較，顯然以「響亮」而言，「先天功」是弗如遠甚的。為了讓大理段家擁有足能匹敵於丐幫「降龍十八掌」的顯赫武功，金庸只好「犧牲射鵰，完成天龍」，讓一版王重陽跟段皇爺的「一陽指」與「先天功」對調過來，大理段家也就因此獨家擁有了「一陽指」，而《天龍八部》亦順理成章地成了「降龍十八掌前傳」與「一陽指前傳」。

王重陽與段皇爺的武功是「乾坤大挪移」了，但《射鵰》的情節從一版改為二版，「先天功」與「一陽指」的相關情節卻變成一本不知所以的迷糊帳，說來讓人糊塗之處還不只嚇跑歐陽鋒的到底是不是「一陽指」這一處，另一個令人不解的地方是，「陰」「陽」之說出自道家，而大理段家世代均篤信佛教，佛經中並無陰陽之說，因此，信奉道家的王重陽使用「一陽指」，理當比信奉佛教的段皇爺更適宜。

雖說「先天功」也有道家的味道，但因道家講「陰陽」，因此「一陽」之詞的「道家之味」更濃，若比之一燈大師，王重陽會是「一陽指」更適合的擁有者。

但不論如何，「大理段皇世家」都因此從《天龍》到「射鵰三部曲」完整建構出其「世家列傳」，《天龍》、《射鵰》、《神鵰》與《倚天》也成了一氣呵成的「漢胡爭霸四部曲」，至於在扣接各部小說時，意外留下的這點小迷糊帳，既然無損於小說的好看，也就聊當趣談，不必過度苛求了。

第三十一回還有一些修改：

一．小說中說到瑛姑與周伯通暗通款曲之事時，新三版增寫了周伯通「重重打了自己幾個耳光，打得滿臉是血。」這是要強化周伯通的悔恨之情。

二．何以一燈大師會剛好住在離瑛姑居所不遠之處呢？新三版做了解釋，是因為朱子柳先查到瑛姑在湘西桃源林中的沼澤隱居，修習武功，一燈大師擔心她修鍊上乘武功時走火出事，才從大理搬到附近山上，盼能就近照料；此外，新三版亦增寫了瑛姑對一燈大師的感念，她說：「我隱居黑沼，他派人為我種樹植林，送我食糧物品，這些年來照應無缺。」而後，瑛姑本欲殺一燈而無法下手，新三版增寫瑛姑對一燈大師說：「是我對你不起。」

三．朱子柳說起瑛姑的兒子，二版稱呼他為「小皇爺」，新三版改為「姓周的小孩」。

四．二版朱子柳聽到梟鳴，心生不祥預感，因為「那夜貓子躲在暗處，偷偷數人的眉毛。誰的眉毛根數給數清楚了，那就活不到天亮。」這段故事與《笑傲江湖》第十一回及《神鵰俠侶》第一回的某段情節完全重覆，新三版將三部小說中的「貓頭鷹屬眉毛」相關描述全刪除了。

五．新三版將《九陰真經》的書名做了詮釋：「道家武功本以陰柔為主，九陰極盛，乃成為災，黃裳所以名之為『九陰真經』，原有陰陽不調，即成為災之意。」這點增寫乃是因為葉洪生在《「偷天換日」的是與非》一文中，強調金庸的「九陰」之名悖理，葉洪生認為陰爻以「六」為老，是以應用「六陰」，而非「九陰」。而金庸增寫這段，乃是說明「九陰」意指「陰陽不調」，非關「至陰」，也即是駁斥葉洪生之說。

六．一版段皇爺出家，是至滇西「龍川寺」，二版則配合《天龍八部》，改為至大理城外的「天龍寺」。

七．一版將《九陰真經》的梵文一段名為「達摩遺篇」，二版因《九陰真經》的作者已改作黃裳，故此刪去「達摩遺篇」之名。

楊康要納秦南琴為王子妃——第三十二回〈湍江險灘〉版本回較

小王爺楊康早就到了知色而慕少艾的年紀，對於情人穆念慈難免心生遐想，渴望一親芳澤，但穆念慈的觀念傳統而保守，堅持不願與他發展出夫妻之實。

在二版的故事中，色老頭裘千丈想要討好楊康，助他順利享受魚水之歡，於是將裝有春藥的瓷瓶送給楊康，並教楊康將春藥放在清茶中給穆念慈喝下。那麼，他就可以洞房花燭，享受閨房之樂了。

想不到裘千丈的一肚子壞水被窗外的穆念慈聽到了，在裘千丈出門後，穆念慈憤而將他擊倒，並於此時拿到上官劍南所寫的鐵掌幫記事。

而後，穆念慈又回來找楊康。原本穆念慈還摩拳擦掌，準備向楊康興師問罪，為楊康想迷姦她之事大發雷霆。想不到楊康居然對她坦誠相告，說裘千仞給了他一瓶春藥，本可以騙她喝了，讓她糊里糊塗就失身，恍惚中成就一段姻緣，但他楊康可不會這麼卑鄙。

楊康又對穆念慈猛灌迷湯，說他敬她猶如天人。一番花前月下之詞，講得穆念慈春心蕩漾，也就不管她什麼守身如玉的少女矜持了，當晚就把初夜獻給了楊康，成了有實無名的小夫妻。

然而，一向謹守處子之身，非到新婚之夜絕不輕許楊康的穆念慈，真有這麼容易動情？楊康稍表殷勤，就哄得她獻身？為什麼楊康三番兩次都想擁有她的玉體，她都能堅守最後的防線，這一次卻這麼輕易就「破功」呢？

若想瞭解穆念慈獻身真正的來龍去脈，我們就必須回溯一版，看一版失身於楊康的秦南琴所發生的故事。

一版裘千丈也是想賣楊康的好，解決小王爺那青春少年的性衝動，但送給楊康的，可不是瓷瓶裝的春藥，而是一只大竹籠，竹籠中裝的就是美女秦南琴。

雖然看到秦南琴時見獵心喜，但楊康也擔心裘千仞的好意反而害了他。倘使真跟秦南琴有了肌膚之親，他怕會把穆念慈氣炸，然而，美色當前，又是孤男寡女共處一室，楊康的理智一閃即泯，他當下色慾大發，用力抱住秦南琴，卻不料果真惹毛了正巧來到窗外的穆念慈，穆念慈撂下狠話：「好，咱們從此一刀兩斷，我永不再見你。」

一版楊康頗有公子哥兒的流氣，穆念慈負氣離開後，他也火大了起來，說：「哼，妳永不見我，卻又怎地？只要大事得成，我富貴無極，後宮三千，還少得了美貌佳人？」而後，他威脅秦南琴：「嘿嘿！為了妳，才失卻了她。妳自己想想，若是願意跟我走呢，這就帶妳下山，否則妳就躺在這裡，讓鐵掌幫愛對妳怎樣就怎樣。」秦南琴身在魔窟，心生恐懼，百般無奈之下，終於失身於楊康。

然而，楊康雖是公子哥兒，卻願意為這晚的一夜情負責。有了肌膚之親後，他真的揹著秦南琴冒險下山，其間秦南琴為了報復，還拉著楊康一起墜落懸崖，準備跟楊康同歸於盡，怎知卻因此陰錯陽差地找到裘千里的遺體，以及鐵掌幫的上官劍南記事。

秦南琴一計害不死楊康後，再生一計，她暗藏毒蛇咬傷楊康。楊康中毒後，懇求秦南琴將書送給完顏洪烈，並對秦南琴說：「妳對趙王爺說，我親口允妳，立妳為妃，妳……妳這一生就富貴榮華享用不盡了。」

一版楊康與秦南琴的情感糾葛就是如此，秦南琴因身陷鐵掌山，無法抗拒，這才失身於楊康，修訂成二版時，金庸將秦南琴的故事與穆念慈合而為一，原本形象節烈的穆念慈居然也被迫接收秦南琴失身的情節，因此穆念慈一反先前對於處女情結的堅持，輕易就許給了楊康。

因為初夜的對象不同，一版與二版楊康的愛情也完全是兩碼事，二版楊康深愛穆念慈，心中絕無第二個女子，相較之下，一版的楊康似乎只把穆念慈當做一個選項，也無非她不娶之想，所以，秦南琴跟他一夜情之後，他就準備讓她晉升為「王子妃」，穆念慈當然也就因此出局了。

一版楊康的性格涼薄如此，難怪穆念慈差點被秦南琴氣炸。對於楊康，穆念慈始終情意纏綿，用心良苦，但最後決定誰能當楊康「王子妃」的，竟然是誰先跟這位小王爺在床上纏綿。只要願意獻身，就可以贏得楊康的愛情，這使得穆念慈的付出彷彿都在做白工。

以一版的情節來看，穆念慈與楊康兩人都保守而傳統，穆念慈極為矜持，絕對堅持婚前的守身如玉，楊康則保有傳統男人須對女人負責的的觀念，只要發生關係，就一定會給對方一個名份。不過，楊穆兩人對愛情的想法在二版完全是一番新形象，二版沒了秦南琴，穆念慈接收了她的戲份，同時接收了她的獻身，這麼一來，穆念慈沒了傳統女性的矜持，也不排斥婚前性行為，楊康則是別無選擇，只有穆念慈一個情人，也沒有負責不負責的差別，兩人再怎麼拌嘴，都註定是渾然天成的一對小夫妻。

【王二指閒話】

《射鵰》一出，金庸武學泰斗的地位已然抵定，因此繼續把武俠小說寫下去，必然是金庸將來的創作方向。

進行到第三十二回的《射鵰》故事，已經邁進了尾聲。

相信在《射鵰》故事發展到這裡的時候，金庸已然開始了《神鵰俠侶》的構思，而若是《神鵰俠侶》要延續《射鵰》，維持金庸如日中天的氣勢，金庸該如何把《射鵰》的成功過繼給《神鵰》呢？

《神鵰》的主角可以是《射鵰》主角的子女或傳人，但若以兩者相較，子女絕對比傳人更吸引讀者，也更能引起讀者的共鳴。

在《射鵰》的正反派主角，也就是郭靖與楊康兩人的子女中，金庸可以擇一為《神鵰》的主角，不過，就文學的角度來看，郭靖的兒女故事比較不好開展。一來大俠若仍出郭家，就會像薛仁貴征東、薛丁山征西、薛剛鬧花燈一樣，幾代絕頂高手都集中到他一脈相傳的郭家，如此的小說趣味度、吸引力與說服力都會降低。二來是若以郭靖的兒女當主角，那麼，老爸郭靖老媽黃蓉罩在頭頂上，恰如揮之不去的陰影，身為兒女的主角怎能輕易出頭？那就像要寫嘉慶皇帝的故事，明明嘉慶已經亮出光茫了，但老爸乾隆依然光茫萬丈高掛天空，這樣的嘉慶如何展現其主角獨一無二的丰采？

此外，先前我們談過，在金庸的創造法則中，為了讓大俠盡情發展，故事中的大俠，要不就是孤兒，如張無忌、令狐沖，要不就是親子不相識，如喬峰、虛竹，要不就是父母親遠居，如郭靖、韋小寶。

在《射鵰》書末，楊康顯然必將走向末路窮途，因此，若由楊康的兒子來擔任《神鵰》的男主角，其自由度與發揮度都會比郭靖的兒女好，而若是由郭靖的兒子來出任《神鵰》的男主角，只怕金庸就得掙扎，是不是該「賜死」郭靖黃蓉，讓新創造的主角有更寬廣的發展空間。

而既然不能賜死郭靖，楊康就得肩負起生下《神鵰》男主角的重責大任，如此一來，楊康的「初夜」即是《射鵰》中絕不可免的情節。不管跟楊康上床的是哪位女角，這段楊康的初夜故事都是《射鵰》與《神鵰》之間的「橋樑情節」，楊過就在此節中，要從天上投胎進母體，而後來到人間，開始他的行俠人生。至於他的母親是穆念慈或是秦南琴，雖然一、二版並不一樣，但都符合金庸一貫的創作邏輯，也就是楊過的母親都在《神鵰》一開場時就完成生養楊過的任務，並且安安靜靜地死去。

而楊過的母親究竟是穆念慈，還是秦南琴合理呢？那是見仁見智的，倘使楊過的媽媽是秦南琴，那麼，楊過的反社會性格濃厚，就是潛移默化自母親，而若楊過的媽媽是穆念慈，那麼，楊過用情專一，對小龍女珍愛逾恆，即是傳承自他的媽媽。

而由穆念慈來當楊過的母親，會比秦南琴多了個優點，那就是她在《射鵰》中份量比較重，因此由她來當楊過母親，地位會比秦南琴更顯赫一些，讀者的認同度也會更高一些。

楊過的母親不論由穆念慈或秦南琴來當都是可以的，但楊康的初夜伴侶是穆念慈或秦南琴，可就完全不同了，二版楊康的初夜伴侶是穆念慈，因此他是用情專一的有情郎君，一版楊康的初夜伴侶是秦南琴，他的婚姻也只是對性伴侶的酬謝，那麼，他就是玩世不恭，視婚姻如兒戲的公子哥兒。

第三十二回還有一些修改：

一．上官劍南落草，二版是在荊襄一帶，新三版改為在荊湖一帶。

二．二版提到韓世忠老來與夫人梁紅玉在西湖邊上隱居，新三版刪了。

三．二版說及上官劍南得到《武穆遺書》後，大會群雄，計議北伐，卻被朝廷圍剿，最後還被打破山寨，上官劍南因此逃上鐵掌峰；新三版刪了朝廷圍勦鐵掌幫之事，只說鐵掌幫唯能自保，無法聚集義師北上抗金。

四．郭靖與裘千仞的船上惡戰，新三版較二版增寫了郭靖使用的降龍十八掌掌名，依次為「時乘六龍」、「見龍在田」、「密雲不雨」、「損則有孚」。

五．裘千仞落水後，二版是攀住水底巖石，往岸邊爬，但這個動作難度過高，新三版改為裘千仞抓住斷木，往岸邊划。

六．黃蓉找無辜的大戶人家洩憤，因她自稱是小孩的外婆，主人對她的稱謂，二版是「姑娘」，新三版改為與她更相呼應的「阿姨」。

七．黃蓉即將與郭靖分手，新三版增寫她感慨地想起黃藥師常說的：「世上無人不傷心」。

八．穆念慈出家的道院，一版說西壁繪有一道者之像，旁邊題「活死人」，這段描述二版刪了。

九．一版上官劍南是鐵掌幫第二十三代幫主，二版改為第十三代幫主。

十．一版曾說及宋高宗傳位宋孝宗後，孝宗想到岳飛盡忠報國，冤屈被害，將岳飛遺體遷至西湖邊上安葬，二版刪了這段無關全書宏旨的描述。

十一．二版在船上搞怪的喬寨主，一版原有名字「玄背蟒」喬太，二版刪其名。

十二．郭靖與裘千仞在船上惡鬥，一版裘千仞用過丈八蛇矛的矛法，二版刪了。

江南五怪血案大推理
——第三十三回〈來日大難〉、第三十四回〈島上巨變〉版本回較

《射鵰》「桃花島江南五怪血案」、《倚天》「荒島殷離血案」、以及《天龍》「蕭峰追索帶頭大哥」，都是金庸筆下的知名推理故事，但二版的這三個故事敘述均不夠周延，因此新三版進行了大幅增刪改寫，將這三段推理情節修改得結構極為謹嚴。這一回要介紹的，就是《射鵰》「桃花島江南五怪血案」的版本變革。

話說郭靖、黃蓉小倆口才剛立下山盟海誓，決定將郭靖與華箏的婚約丟回大漠，還給成吉思汗，兩人從此在桃花島過著幸福快樂的日子，怎料此時忽然響起了晴天霹靂，「江南五怪桃花島大血案」就在此刻登場。

且來看看這段推理故事的鋪陳。

先看二版的說法，二版的故事是：靖蓉二人上桃花島後，先是看到韓寶駒的黃馬橫屍林中，死狀粗觀是四腿彎曲，癱成一團，細看則雙前肢骨折，背脊骨亦斷裂，顯是為武林高手所殺。黃

馬周身並無傷口，但馬背有血跡，由血色看來，染血時間約三、四天。

兩人再往前走，直到黃蓉母親馮氏墓中，一路上所見畫面逐一說來為：全金發屍體及其斷成兩截的武器秤桿、懷中藏有許多珠寶的朱聰、柯鎮惡釘在黃蓉母親畫像上的毒菱、橫劍自刎的韓小瑩、及腦門中有五個指孔的韓寶駒。

小說中的畫面再轉到黃藥師的精舍，靖蓉二人見到整座精舍已被打得東倒西歪。悲傷無已的郭靖決定先埋葬四位師父，此時才在朱聰懷中取得江南六怪準備為全真七子向黃藥師說項的書信，在書信的背後，朱聰寫有：「事情不妙，大家防備（「東」字或「西」字起首三畫）」幾個字。

也在此時，郭靖發現了朱聰左手緊握著刻有「招」「比」字樣的翠玉女鞋。

而後郭靖聽到樹林中有嚎叫之聲，靖蓉二人連忙前往，原來出聲者是中毒的南希仁。中毒過深的南希仁，死前在泥上寫下了「殺……我……者……乃……十」幾個字。

安葬五位師父後，郭靖在離開桃花島前，發現黃藥師留在海灘的青袍，袍上有血掌印，郭靖推測這就是黃藥師以九陰白骨爪虐殺韓寶駒後，擦拭而遺留的血蹟。

離開桃花島後，郭靖遇到柯鎮惡，柯鎮惡堅持南希仁告訴過他，說這場血案的兇手是黃藥師。於是，依照郭靖的推斷，這場血案即是黃藥師以九陰白骨爪等功夫殺了江南五怪，而那個三畫的字自然是東邪的「東」字，「十」字則是沒寫完的「黃」字。

關於血案的真正過程，直到後來在鐵槍廟中，黃蓉才拼出完整的事件拼圖，原來三畫的字正解是西毒的「西」字，「十」字則是楊康的「楊」字，至於血案的來龍去脈是：楊康以「九陰白骨爪」殺了韓寶駒，歐陽鋒再在墓室中殺死朱聰與全金發，韓小瑩自知不敵而自刎，南希仁則是中了歐陽鋒的蛇毒。

整齣「江南五怪大血案」就這樣被黃蓉還原出來了，在這段故事裡，金庸企圖活用兩個中國文字，將郭靖跟讀者玩得團團轉，再藉黃蓉之口公佈謎底。

不知有沒有聰明的讀者第一次看這段故事就猜對金庸的佈局，不過，金庸的讀者中確實有不少福爾摩斯，對於金庸創作的這齣推理劇，讀者們有著如下的疑惑：

一、韓寶駒是楊康殺的，但黃藥師的長袍卻是歐陽鋒穿來偽裝成黃藥師的，歐陽鋒有可能去抹一把楊康所殺之人的血，再於長袍上擦拭嗎？

二、朱聰不是將書信親送給黃藥師了嗎？怎麼黃藥師看完，朱聰又拿回來，放在身上呢？

三、朱聰又不是啞巴，當他發現歐陽鋒、楊康欲殺眾人時，理當高喊示警，怎麼會寫在紙上呢？更何況柯鎮惡雙眼全盲，根本看不到字。

四、南希仁莫非身中蛇毒，已然失心瘋了？當他準備用僅剩的最後一口氣，寫下殺人兇手的名字時，竟還先寫「殺我者乃」這四個筆畫既多，又無關緊要的字。

五、桃花島不是奇門五術，機關重重嗎？歐陽鋒、楊康兩人怎麼能在島上悠遊自在，活像在逛大街呢？

針對這些質疑與疏漏，新三版改寫時，金庸將整個血案做了大翻修。新三版的血案改寫如下：

靖蓉二人上桃花島後，先是見到重傷的韓寶駒黃馬，但黃馬身上沒有血跡。

兩人繼續往前走，在黃蓉母親的墓中，見到了全金發、朱聰、及韓寶駒的屍體，但與二版不一樣的是，他倆並未見到柯鎮惡的毒菱，此外，在發現韓小瑩的遺體時，還見到韓小瑩在黃蓉母親的棺蓋白玉上寫了個「十」字。

而後靖蓉二人至黃藥師精舍，黃蓉在精舍抽屜中，發現朱聰為全真六子說項的書信。

接著，郭靖下葬四位師父，並在朱聰懷中見到刻有「招」「比」字樣的翠玉女鞋。

再之後靖蓉二人見到南希仁，黃蓉發現地上有三人腳印，判斷犯案的絕不只一人。郭靖初看到南希仁身上並無受傷之血跡，還推測是黃藥師「彈指神通」的傑作，而南希仁死前寫下之字，就唯有「西」（或「東字」）字起首三畫這一字。

至於歐陽鋒與楊康之所以能在桃花島穿梭自如，新三版的增寫解釋是，楊康殺了歐陽克，並在歐陽克身上盜得桃花島總圖，就因為擁有這張總圖，楊康與歐陽鋒才能在桃花島上通行無阻。

經過新三版的改寫，二版的疏漏全都消失了，整個血案推理環環相扣，極其周延。

這場用心佈局的大血案，原來是出自歐陽鋒想挑起天下五絕大決鬥的歹心，希望透過江南五怪的死，惹得南帝、北丐與東邪正邪不兩立，他西毒就可坐收漁利，而西毒的一場精心佈局，果然把郭靖與讀者們全都引進了步步疑陣中。

【王二指閒話】

新三版做的這場桃花島血案大修訂，確實令人擊節讚賞，改版大師金庸果然富有巧思。推理故事就是要做到一環緊扣一環，絕無疏漏，新三版改版後將二版推理過程中的錯漏之處全都增補改寫了，這個故事若是獨立出來，就是一篇好看的推理小說。

《射鵰》的故事發展到這兒，已經在朝結局邁進了，所謂的往結局邁進，其現象就是「新的人物不再登場，舊的人物陸續退場。」而江南五怪就是必須退場的舊人物。

小說人物在精彩中登場，也必須在驚呼聲中退場，這才是成功的小說創作。

武俠小說的特色之一，就是人物眾多，葉洪生在「還珠樓主小傳及作品分卷說明」一文中，談起還珠樓主創作《蜀山劍俠傳》，就曾引述還珠樓主好友唐魯孫的回憶：「還珠寫《蜀山》時，竟特製了一張方圓尋丈的木桌做為地球平面圖；書中每一人物皆用一面顏色不同的小旗（上寫其名）代表。故事發展到那裡，旗子就走到那裡。」

還珠的小說固然人物繁多，金庸小說卻也不遑多讓，然而，不管人物再多再繁，金庸都能將每個人物的來龍去脈妥善交代清楚，最後再為其安排退場機制，這就是金庸的功力。

金庸為江南五怪設計的退場方式，就是血案死亡。

說來江南七怪在《射鵰》書中，是隨著故事的發展而逐漸萎縮其地位的人物，我們在第一回中提到，在金庸的原始構想中，丘處機是「當今第一位大俠」，而江南七怪的武功是與丘處機勢均力敵的，因此他們七人理當是金庸原本設想的「當今第一江湖團體」。然而，隨著一版故事的展開，五絕陸續出現了，這就像江南七怪原本是傲立於平房中的大樓，但金庸後來又蓋了五座摩天大樓，從此江南七怪只得貶居為武功二流的俠士。

既然只是二流人物，就難以像一流人物一樣，繼續存活到續集中，因此金庸必須幫江南五怪編寫故事，讓他們集體退場。

說來《射鵰》的故事進行至此回時，《神鵰》的腹稿已在金庸心中蘊釀。《神鵰》與《射鵰》是金庸小說中相扣最緊密的兩部小說，按照文學創作的原則，在進入《神鵰》前，金庸勢必要將《射鵰》人物妥善處理掉，因為進入《神鵰》後，楊過就要當書中的帝王了，郭靖因此只能退居「太上皇」，當楊過故事的背景。

至於《射鵰》故事中的人物，在《神鵰》裡殘存下來的，於「楊過朝」來說，他們都將是「郭靖朝」的「前朝遺臣」，倘使殘留太多，就會成為《神鵰》的累贅，使得創作過程綁手綁腳。

存留到《神鵰》的《射鵰》人物，金庸盡量選擇武功較高強，較具代表性的人物，因此，身為配角，武功又只居二流的江南七怪，照理即當出局。

以江南七怪的身份，金庸無法比照《飛狐外傳》將《書劍恩仇錄》紅花會群俠集體送往回疆安身的模式，讓江南七怪以隱退當退場機制，因為江南七怪沒有紅花會群俠的顯赫位置，因此

「去世」是他們最合理的收場方式。

而與江南七怪武功層級類似，金庸要處理掉的還有反派的沙通天一干人，他們也同樣不能進入《神鵰》當要角。

沙通天一干人屬於反派，不過，反派反而不一定須要以死亡做結，金庸讓他們被囚禁到重陽宮。

反派是可以囚禁的，正派卻不能被囚禁，因此正派人物的結局只能是死亡。

反派被關押，反而能活下來，正派人物卻須以死亡退場，這就是小說佈局的無奈，還好，真實人生絕不是這樣。

第三十三回還有一些修改：

一．二版周伯通說的「老頑童一言既出，絕無反悔。」新三版改為更逗趣的「老頑童一言既出，八馬難追。」強化了老頑童的幽默感。

二．新三版增寫了黃蓉懷疑洪七公喜歡瑛姑，黃蓉還在心中自問：「她年輕之時，容貌美麗，嬌滴滴的，但沒我聰明，不知會不會燒得一手好菜？比我如何？」

三．洪七公說到一燈大師的年齡，一版說是六、七十歲，二版改為六十幾歲，新三版再改為五六十歲，越改越年輕。

第三十四回還有一些修改：

一．黃藥師的武功「桃華落英掌」與「旋風掃葉腿」，二版說是「狂風絕技」，新三版改叫「東風絕技」。

二．黃蓉將柯鎮惡打得鐵杖脫手，二版鐵杖是掉到「南湖」，新三版改為掉到「南湖湖邊」。

三．二版黃藥師曾向歐陽鋒說：「江南六怪自以為是仁人俠士，我見了這些自封的英雄好漢們就生氣。」新三版刪了這句話。

歐陽鋒一聽到裘千仞就害怕——第三十五回〈來日大難〉版本回較

白駝山風流少主歐陽克在牛家村色心難泯，眼神瞅著當代幾位妙齡女俠，就生染指之心，既想調戲黃蓉，又想威脅程瑤迦表演脫衣秀，還想玷污穆念慈。

黃蓉跟程瑤迦的情人，郭靖正在療傷中，陸冠英武功不如歐陽克，兩對情侶只能忍氣吞聲，推拖敷衍，但是穆念慈的情人楊康可就忍不下這口氣了。

想叫大金國趙王府小王爺戴他白駝山歐陽克的大綠帽，是可忍孰不可忍，憤怒的楊康因此拿出鐵槍頭殺了歐陽克。

宮廷中長大的楊康也算有膽有識，殺了西毒歐陽鋒的兒子，竟然不思畏罪潛逃，反而還想將計就計。楊康心中開始盤算，先前想拜歐陽鋒為師，歐陽鋒曾說他白駝山的武功一脈單傳，絕不傳第二人，現在既然歐陽克已死，那何不乾脆乘機拜歐陽鋒為師？大金國小王子因此做好了身兼白駝山少主的計劃。

楊康也算「不入虎穴，焉得虎子」，他判斷歐陽克命案將會永遠成為懸案，不可能會有任何蛛絲馬跡讓歐陽鋒發現殺人棄屍的元兇，於是，兇手竟大膽地去向死者的父親賣好，準備繼承原屬歐陽克的地位與武功。

二版《射鵰》中，楊康接近歐陽鋒後，先是誣指全真六子為殺害歐陽克的兇手，並大吹大擂：「全真教那群惡道，晚輩立誓要一個個殺了，以慰歐陽世兄在天之靈。」接著，楊康再使一招「以退為進」，告訴歐陽鋒：「只可惜晚輩武功低微，實是心有餘而力不足。」這番說詞正敲中歐陽鋒想為子報仇的悲憤心情，因而引得歐陽鋒當下即說：「現今我白駝山已無傳人，我收了你做徒兒罷。」此話正中楊康下懷，於是當場磕頭拜師。

一版的這一段是完全不同於二版的，一版老毒物方遇喪子之痛，悲傷之餘，豈能讓楊康輕易頂替歐陽克的位子？

為了拜歐陽鋒為師，一版楊康提出了條件交換，在一版的故事裡，楊康沒有栽贓全真六子殺害歐陽克，而是告訴歐陽鋒：「歐陽先生，晚輩所見上官劍南遺書之中，記得有破解（裘千仞）鐵掌之法。」接著又說破解之法在書中最後幾頁，已被秦南琴撕掉，而後再告訴歐陽鋒說：「晚輩反覆看了數回，依稀也記得一個大概，只是晚輩武功淺薄，不能明白這中間精微之處，還得請先生指點。」

因為楊康所擁有的「破解裘千仞鐵掌」秘笈足夠利誘歐陽鋒，歐陽鋒才願意收楊康為徒。

至於一版歐陽鋒為什麼這麼害怕裘千仞呢？原因正如一版《射鵰》所言「歐陽鋒武功雖不在裘千仞之下，但對他的鐵掌功夫卻也忌憚三分。」加上一版裘千仞為求擊敗歐陽鋒，贏取第二次「華山論劍」的勝利，已經殫精竭慮鑽研蛙蛤大戰，亦飼養了一群毒蛇。而身為裘千仞唯一的假想敵，歐陽鋒難免心下惴惴，因此，歐陽鋒聽聞有破解裘千仞之法，且唯有楊康一人知道方法，在利益交換的原則下，才願意收楊康為徒，讓楊康成為白駝山的新傳人。

【王二指閒話】

《射鵰英雄傳》是一本熱鬧的大書，出場人物眾多，且人人各具特色，非常精彩。

金庸在創作《射鵰》時，賦予了每個人物各自獨特的性格，而且人物的個性還兩兩不同。在人物性格鮮明這點上，金庸與中國傳統小說的人物塑型方式非常類似。

《三國演義》也是運用這種創作技巧，《三國》的蜀國主角人物，諸葛亮是「智絕」，劉備是「仁絕」，關羽是「忠絕」，張飛是「莽絕」，反派的曹操形象則是「奸絕」，這樣的人物性格塑造法是「以描畫國劇臉譜的方法創造小說人物」，就像傳統國劇一樣，關公一出場就是大紅臉，張飛是大黑臉，曹操則是大白臉，人物的性格非常分明，一目即可瞭然。

《射鵰》中的人物也是這般純粹，好壞忠奸都非常清楚，說到好人，就是好得徹底的洪七公、郭靖，而說到壞人，也就是壞到骨子裡的歐陽鋒、楊康。

《射鵰》中完全沒有像《笑傲江湖》岳不群，或《鹿鼎記》風際中之類，貌忠實奸，始善終惡的兩面人物。因為人物的善惡正邪非常清楚，《射鵰》一書閱讀起來極為輕鬆。

不過，在性格兩兩分明的小說中，若有兩個人物個性高度相似，那就會是創作上的瑕疵，比方說，《三國演義》的張飛跟《水滸傳》的李逵，或者《三國演義》的諸葛亮與《水滸傳》的智多星吳用，都是形象類似的人物，這樣的兩個人物若出現在同一部書中，就不是成功的創作。畢竟《三國》與《水滸》都將「莽」或「智」集中在一個人身上，由該人物來完全發揮，若作者在書中同時創造兩個類似的人物，就顯得性格塑造不夠獨特專屬。

而在一版《射鵰》中，歐陽鋒跟裘千仞顯然就是重疊的人物，歐陽鋒是惡人，裘千仞也是惡人；歐陽鋒擅養毒蛇，裘千仞也養了一大群毒蛇；歐陽鋒的外號是西毒，裘千仞練的也是「五毒神掌」；兩大惡人之間還相互較勁，裘千仞觀摩「蛙蛤大戰」是為了擊敗歐陽鋒，歐陽鋒也真的對裘千仞的鐵掌忌憚三分。

為了減少人物的重複性，金庸在二版大幅降低裘千仞的情節比重，「蛙蛤大戰」、「養蛇剋歐陽鋒」、「蛇毒煉掌」等等裘千仞的相關情節都被刪去。雖說二版的裘千仞仍有意與天下五絕論劍爭雄，但經過改版的刪修後，裘千仞已大為失色，從一版的「一流人物」退居「一點五流」人物，或許他仍比二流人物如靈智上人等人層次高一點，卻絕對是比不上一流人物歐陽鋒了。

子貢曰：「紂之不善，不如是之甚也。是以君子惡居下流，天下之惡皆歸焉。」小說的道理也一樣。《射鵰》一書為求人物性格專屬獨特，越是改版，越是把正義的「香水」全倒到洪七公頭上，也越是把惡毒的「臭水」全澆到歐陽鋒身上。既然金庸準備讓歐陽鋒一人盡量承受《射鵰》中所有的「惡」，當然就不必再由裘千仞來分擔毒臭惡水了。

第三十五回還有一些修改：

一．新三版在這回寫到全真弟子時，加寫了一位甄志丙，這是新三版《神鵰》中，取代二版尹志平的重要人物「甄志丙」的首度登場。

二．因為柯鎮惡誤以為黃藥師殺了江南五怪，當黃藥師跟柯鎮惡說話時，話還沒說完，柯鎮惡就向黃藥師吐了口濃痰，二版說柯鎮惡這口痰正中黃藥師鼻樑正中，然而，以柯鎮惡的武功層次怎麼可能將痰吐到黃藥師鼻樑正中？新三版因此改寫為「黃藥師一側頭，這口痰有一半碰到了他臉頰。」

三．鐵槍廟中，被黃蓉脅迫抬柯鎮惡的官軍，在黃蓉洗腳時色瞇瞇地看黃蓉的腳，二版黃蓉罵他：「憑你這副蠢相，也知道好看難看？」新三版改為黃蓉罵他：「你這蠢才見過觀音菩薩的腳嗎？」

四．黃藥師見到全真六子至桃花島，因不想與全真六子見面及衝突，二版黃藥師叫傻姑帶他們去跟江南六怪吃飯，新三版改為黃藥師叫傻姑跟他們說黃藥師不在島上，請他們回去。

五．黃蓉說她曾跟裘千仞交過手，二版說是在「兩湖南路」，新三版改為在「荊湖北路」。

六．柯鎮惡受傷後，黃蓉給柯鎮惡服用的藥物，一版是黃藥師配製的「小還丹」，二版改名為「田七鯊膽散」。

七．在鐵槍廟中，柯鎮惡原本準備殺死入睡中的黃蓉以報義弟妹之仇，再自裁以謝黃蓉相救之恩，一版柯鎮惡此時心中想著：「得以回故鄉就死，夫復何憾。」二版刪了柯鎮惡想的這句話。

八．歐陽鋒放蛇驅走群俠，一版完顏洪烈感激地說：「先生手下這幾位蛇奴此番救了小兒性命，小王已命人送往京都養他們一世。」二版將完顏洪烈這段話刪了。

九．黃蓉向歐陽鋒稱黃藥師所譯的《九陰真經》梵文，一版黃蓉說是「九陰神功篇」，二版改為「九陰真經總綱」。

鐵槍廟中，楊康向歐陽鋒拜師，本來已經穩操勝算，歐陽鋒也點頭答應了。如此一來，楊康既可繼承完顏洪烈的王位，又可傳襲歐陽鋒的武功，堪稱前程似錦，政治與武林前途均不可限量。

豈料就在此時，忽然竄出一個黃蓉，將楊康的佈局全部打亂。

為了讓躲在王鐵槍神像後頭的柯鎮惡明白江南五怪的桃花島血案兇手絕不是黃藥師，黃蓉誘導傻姑說出歐陽鋒與楊康齊上桃花島之事，而後再與歐陽鋒對質，將江南五怪血案的細節拼湊地一清二楚。

真相完全還原之時，連歐陽鋒都大讚黃蓉料事如神。

然而，以黃蓉的一貫性格，她與郭靖的姻緣既是毀於楊康的陰毒計謀，此仇焉能不報？因此江南五怪的案情一經釐清，緊接著，黃蓉就要開始揭穿歐陽克命案的真兇了。

揭露牛家村歐陽克命案的真相時，黃蓉仍是誘導傻姑當証人，說出當時楊康以鐵槍頭刺殺歐陽克的過程，而後黃蓉再補充她在密室聽到楊康向穆念慈說的話，也就是楊康所說歐陽克一死，他就可以拜歐陽鋒為師的一段話。

聞聽黃蓉之言，楊康頓時滿心驚懼，害怕殺人的真相一經揭開，歐陽鋒鐵定虐殺於他，於是楊康使出「九陰白骨爪」往黃蓉身上一抓。但楊康怎又料想得到，原來黃蓉身上的軟蝟甲曾被南希仁打過一拳，南希仁又曾中過歐陽鋒蛇毒，楊康因此竟然間接中了蛇毒。

原來黃蓉用以防身的軟蝟甲八成從沒洗過，因此與他人對戰後的鮮血毒血全都留在上頭，但黃蓉仍每天照穿不誤，這特殊的習慣讓楊康間接中了歐陽鋒蛇毒。

中了蛇毒後，楊康當真「惡貫滿盈」了。二版說楊康中蛇毒後苦痛而死，死後還有烏鴉啄食他的屍體，但也都因此中毒而亡。

《射鵰》中的反派楊康就此寂寞而終，遺體則由郭靖悄悄埋葬了。

然而，關於楊康之死，一版的原創意是完全不一樣的。一版楊康中毒後，穆念慈進到鐵槍廟中抱住楊康，問了楊康幾聲：「你認得我嗎？」楊康終於點頭，穆念慈於是告訴楊康：「活在這世界上苦得很，你受夠了苦，我也受夠了，咱們走啦！好不好？」楊康又點點頭。

接著，穆念慈用楊鐵心遺下的半截鐵槍將楊康刺死，隨即倒轉槍頭抵在自己胸口，用力一抱楊康，鐵槍透骨抵心，一痛而逝，當下兩人雙雙去世。

金庸在一版確實厚待楊康，楊康離開人世時，是靠在愛他的美人懷中，而一版穆念慈對楊康的愛情也著實貞烈，雖說此時的穆念慈早已知道楊康劈腿秦南琴，且在「一夜情」後，決定立秦南琴為王子妃，但穆念慈卻始終忠於自己的愛情，更願意與楊康同赴黃泉。

一版穆念慈與楊康共死後，柯鎮惡為免鴉群啄食穆念慈的遺體，先將穆念慈埋葬，至於楊康的遺體，則是後來才由郭靖葬在穆念慈身邊。

【王二指間話】

《射鵰英雄傳》是一本輕鬆好讀的小說，所謂輕鬆好讀，也包括小說人物的愛情發展，大體來說，《射鵰》人物的愛情節奏都很明快，不會東拈西惹，拖泥帶水。

金庸塑造《射鵰》人物時，除了讓俠士俠女們「遺傳」父母的性格外，他們的「愛情觀」也完全是父母的複製，這或許是因為《射鵰》俠士俠女的父母，其言教與身教都深刻地影響著子女。

如果由心理學角度來做《射鵰》主角的心理與家庭回溯，應該很容易見到他們都在扮演父母親扮演過的家庭角色，也重複父母親的愛情模式。

郭靖是李萍教養大的，李萍常常回憶感念的郭嘯天，就是為保護李萍而不惜犧牲性命的偉丈夫，因此，郭靖的愛情觀也是全心保護及疼愛黃蓉。

黃蓉是黃藥師栽培長大的，雖說黃藥師為人邪怪，教養出黃蓉的「小妖女」性格，但黃藥師對愛情的忠貞也完全複製到黃蓉身上。黃蓉在張家口邂逅郭靖後，就視郭靖為終生伴侶，對郭靖之情永遠不渝。

楊康是完顏洪烈撫養成人的，完顏洪烈以王爺之尊，卻只鍾情於包惜弱一人，長年受完顏洪烈耳濡目染的楊康，雖說只是玩笑性地參加「比武招親」，但結識江湖女子穆念慈後，也就一心唯有穆念慈了。

不過，一版楊康倒是跟包惜弱更像一點，包惜弱為了撫養楊康，可以違背內心的愛情，嫁給完顏洪烈為妃。一版楊康似乎也沒有非常在乎愛情，只要願意跟他發生性關係，不管是穆念慈還是秦南琴，他都願意立她為妃。

最後談到穆念慈，穆念慈是楊鐵心的義女，在接受楊鐵心的長年身教後，穆念慈也複製了楊鐵心對愛情的信念與行為。二版《射鵰》中，穆念慈因楊康過世，萬般無奈成為單親媽媽，但仍含辛茹苦獨力養育楊過，這與楊鐵心當年懷疑包惜弱去世，因而以單親爸爸的身份撫養穆念慈長大極為相似。一版穆念慈則是以鐵槍頭刺楊康再自殺，這同樣也是複製楊鐵心的行為，楊鐵心與包惜弱二人當年即都以這把鐵槍頭雙雙殉情自殺。

張無忌向張三丰學「太極劍」，學的是「劍意」，「劍招」則不是非學不可的。穆念慈在楊鐵心身上學愛情，卻是「意」也學，「招」也學，對於愛情的信念，穆念慈與養父楊鐵心完全一樣，她們都相信人生是苦，愛情也是「苦戀」，至於愛情的結果，穆念慈也重複了楊鐵心的生命歷程，或者被獨留世間孤單一生，又或者就是與愛人雙雙自殺，殉情而終。

第三十六回還有一些修改：

一．歐陽鋒情急之時抓住傻姑，二版傻姑大叫「媽呀」，新三版改為大叫「爹呀」。新三版較合理，因為曲靈風教養傻姑的時間較傻姑的母親陪伴傻姑的時間長，因此與傻姑的情感理當較為親密。

二．郭靖見到金兵殘害百姓，二版是在濟水畔山谷中的村莊，新三版改為密州鄉下。此外，一版曾寫及郭靖在此見到一名軍官槍頭上挑著一個嬰兒死屍，二版刪除了。

三．新三版寫到成吉思汗戰功時，增寫了「西夏轉眼便可攻滅」。

四．新三版成吉思汗送給郭靖的賞禮，除二版的一百斤黃金等大賞外，再加上了「三百匹駱駝」。

五．二版成吉思汗指示書記寫給摩訶末的信是「你要戰，便作戰。」新三版改為「你要打，就來打。」

六．書記按成吉思汗給摩訶末的信，草擬寫給丘處機的詔書，一版寫的是「朕有事，即速來。」二版改為「朕有事，便即來。」新三版再改為「朕有事，就快來。」

七．武穆遺書在新三版一律統稱《破金要訣》。

八．新三版加寫了蒙古人由宋人、金人處學得鍊鐵、鑄鐵之術，因而兵甲銳利，舉世無雙。

歐陽鋒竟能封在冰柱中三日三夜——第三十七回〈從天而降〉版本回較

在鐵槍廟中，歐陽鋒挾制黃蓉，強迫她默背出梵文中譯的《九陰真經》總綱，原本打的如意算盤是只要取得《九陰真經》總綱，他歐陽鋒就可以成為天下第一高手。

然而，歐陽鋒手上的武功厲害，黃蓉腦中的武功更厲害，在歸雲莊，黃蓉使出奇門之術，就成功甩掉了老毒物。

而後，歐陽鋒探知黃蓉隱身到蒙古的郭靖軍隊中，於是前來郭靖帳中要人。

郭靖當然沒有交出黃蓉，並且還跟歐陽鋒立下約定，兩人相約，歐陽鋒若要威脅黃蓉默背《九陰真經》，愛背不背全由黃蓉，絕不可以傷她一根毛髮，只要歐陽鋒遵守這個約定，將來歐陽鋒若落到郭靖手上，郭靖願意饒他三次不死。

立約之後，因為黃蓉在幕後下指導棋，不久之後，郭靖還當真設計陷阱抓住了歐陽鋒。

為了生擒歐陽鋒，郭靖在他的帳中挖了一個深坑，這個深坑的深度，一版說是二十來丈，二版改為七八丈深。而後再在坑上蓋上一張毛氈，並在毛氈上頭放了把椅子。

果如黃蓉所料，歐陽鋒還真的中計，掉進了陷阱之中。

歐陽鋒一掉入陷阱，郭靖的眾親兵連忙將一旁的沙包丟進坑中，再由騎兵騎馬踹沙填坑。武功高強的歐陽鋒可不想被活埋，他學習鼴鼠挖地而逃，卻無法順利逃出。而後郭靖決定依約放走他，挖沙救他時，見他直挺挺站在沙中，但已挖離陷坑數丈之遙。

第一次放走歐陽鋒後，郭靖故技重施，再挖一個坑，也仍擺張椅子。黃蓉的計謀果真奏效，歐陽鋒再度中計，又落入了陷阱，但這次郭靖不丟沙包了，改為倒冷水。

因北地苦寒，冷水瞬間結冰，歐陽鋒急速冷凍，竟變成了一條「歐陽鋒大冰柱」。

這段歐陽鋒變「冰柱」的奇聞，從一版到新三版都不一樣，一版說郭靖自陷阱中挖出來的「歐陽鋒」，是一大條凍住歐陽鋒的大冰柱，冰柱長有十丈，圓徑也有一丈。而郭靖冰封歐陽鋒的時間，一版說是三日三夜，由陷阱中拖出冰柱後，到第三天晚上，丐幫長老才將冰柱敲碎。

離冰之後的歐陽鋒運功半時辰，吐出三口黑血，即恨恨地跑掉了。

二版的故事做了些改變，郭靖拖出來的「歐陽鋒冰柱」較一版小一號，只有四五丈長，七尺圓徑；此外，金庸或許考慮冰封三日三夜，造成歐陽鋒失溫過久，會將西毒凍到重傷，無法再上華山去論劍，因此將郭靖冰凍歐陽鋒的時間，由長達三日三夜縮短成只有一個時辰，這麼一改，歐陽鋒忍冰耐凍的功力，就由一版三日三夜的三十六時辰，減少為三十六分之一，也就是一時辰，如此即大幅減輕了老毒物所受的虐待。

新三版的這段故事又做了些改變，或許金庸仔細思量之後，覺得二版的冰凍過程仍有可能凍死或悶壞歐陽鋒，因此新三版除了延續二版只冰封歐陽鋒一個時辰外，為怕歐陽鋒被冰柱封住，即使沒失溫凍斃，也會缺氧而死，新三版遂增寫說，歐陽鋒被冰凍前，「只怕難以脫困，忙揮動衣袖，裹住了一團風，堅冰縱將頭臉凍住，尚有一團空隙，可用龜息功呼吸延命。」

這段「冰封歐陽鋒」故事的版本演變，從一版歐陽鋒可以被急凍三十六時辰，二版減少為一時辰；二版歐陽鋒可以瞬間閉氣一時辰，新三版則要抓一把空氣維持血氧濃度。看來老毒物的內力與神功是每況愈下，一版不若一版了。

【王二指閒話】

我們在第二十二回討論過，金庸筆下的武林高手都是「人」，他們不像還珠樓主《蜀山劍俠傳》中的劍仙，既能御劍飛行，也能通曉前世，根本就是「神」。

然而，就因金庸堅持他筆下的武林高手全是「人」，因此若是在早期的版本裡，金庸不慎給了某位高手一雙翅膀，讓他隱隱有「羽化成神」的「半人半神」態勢，在改版之時，金庸一定會將高手的翅膀剪掉，讓他還是穩穩當當地當個「人」。

在金庸的筆下，楊過可以如飛將軍般，由旗桿上一躍而下，但他不會像《西遊記》中的孫悟空，駕著筋斗雲，來去自如；喬峰雖然武功高強，但誤傷阿朱後，他也只能對阿朱灌輸內力，沒辦法讓阿朱如《牡丹亭》中的杜麗娘，死而復生；謝遜與成崑決鬥時，一時的日蝕讓謝遜佔盡了失明的便宜，習慣聽風辨位的他，可以藉天象之變，在彼此都看不見彼此時，反敗為勝，然而，謝遜可以因日蝕而致勝，卻沒能力像《三國演義》中的諸葛亮，登壇借東風改變天象；此外，狄雲在手指被萬家人削去後，他可以藉由練《神照經》等武功，突破肢障限制，擁有更高明的武功，但他不可能像《封神演義》中的申公豹，斷頭還可以接回去。

金庸筆下的「俠」，他們的本質都是人，按照金庸的創造原則，所謂「俠」，一是天賦比別人好一點，如喬峰生而有神力；二是比尋常人用功一點，如郭靖，別人練一朝，他就練十天；三是擁有比別人更好的練功秘笈，如張無忌練成《乾坤大挪移》；四是比別人服用更有益內力或修為的食物，如段譽吃過「莽牯朱蛤」。但除了這些異秉的天賦或難得的奇遇外，他們跟你我一樣，都只是「人」。

金庸筆下的武功高手就是這樣，他們在功夫上的表現，行走可以如「凌波微步」，出掌可以如「降龍十八掌」，運劍也可以如「獨孤九劍」。然而，武功上可以追求「更快、更狠、更準」，生理上則所有的俠士俠女都依然還是「人」，他們既沒辦法不吃飯，也沒辦法不睡覺，更沒辦法不呼吸，所有屬於「人」生理所需的吃喝拉撒睡，他們仍得每天做，一樣都省不了。

因此金庸在一版將歐陽鋒塑造成冰封三日三夜仍得不死，這太也「神」，違反了金庸的一貫原則，二版修改了，但二版仍說歐陽鋒能憋氣兩個小時，這還是太「神」，超出正常人體所能負荷，新三版於是再修一回，讓歐陽峰需要更多空氣維持身體含氧量。

不過，如果歐陽鋒不是這麼樣的「人」，而是一版那般可以無視寒冷，也不須呼吸的「神」，那麼，阿姆斯壯上月球時，也該載歐陽鋒上去，因為他不需氧氣頭罩，也不必穿著太空衣，可以直接下太空船，一邊在月球漫步，一邊輕鬆地說：「這是我個人的一小步，卻是人類的一大步。」這樣的歐陽鋒就真的太「神」了。

第三十七回還有一些修改：

一．郭靖目睹完顏洪烈被成吉思汗斬首後，新三版增寫了郭靖的心境：「但見完顏洪烈滿臉愁苦，心中仇恨頓消。」新三版加深了郭靖的寬容度。

二．丘處機到蒙古宣道時的外貌，二版說是「童顏白髮」，新三版改為「長鬚如漆」。

三．郭靖跟歐陽鋒盟誓，願饒他三次不死，郭靖說「丈夫一言」，一版歐陽鋒答曰：「駟馬難追」，二版改為「快馬一鞭」。

四．歐陽鋒閉氣假死，而後扣住魯有腳脈門，一版郭靖當下按住歐陽鋒的「巨骨穴」跟「鳳眼穴」，二版改為按其「陶道穴」與「脊中穴」。

五．郭靖在張家口送黃蓉的貂裘，一版說是白裘，二版改為黑色貂裘。

六．一版有位通曉漢語的文官將丘處機的詩轉譯為蒙古話，但未述及其姓名，二版這位文官有了名字，他叫耶律楚材。耶律楚材即是《神鵰俠侶》耶律齊的父親。

金庸老師導讀《元史》——第三十八回〈錦囊密令〉版本回較

成吉思汗鐵蹄所至橫跨歐亞洲，但隨著疆土擴張，成吉思汗也日漸衰老。縱使坐擁天下，一代天驕仍得開始面對生死的問題。

聽聞宋人有「道士」，可以教人「長生不老」，成吉思汗於是請郭靖推薦一位名師前來說道。郭靖幾經思考，舉薦了丘處機。

在蒙古鐵騎攻下花剌子模之後，丘處機前來撒麻爾罕城。見到成吉思汗時，丘處機吟誦著他的詩作。針對沿途所見成吉思汗兵威，以及百姓所受爭戰屠戮之苦，丘處機詩云：「天蒼蒼兮臨下土，胡為不救萬靈苦？萬靈日夜相凌遲，飲氣吞聲死無語。」

詩中之意似乎頗為反對成吉思汗大軍一路殘害生民，丘處機如此逆龍鱗的詩作，連當翻譯的耶律楚材都不太敢直接翻譯給成吉思汗聽。

成吉思汗單刀直入，問丘處機中華的長生不老之術，丘處機只跟他說，道家練氣可以卻病延年。此話說完後，即轉而向成吉思汗開示，要想練「氣」，心中要有「善」，而心中若要有「善」，就要知道「兵者不祥之器」，不可輕啟戰端，更何況「樂殺人者，則不可以得志與天下。」

成吉思汗的內心相當納悶不解，他發函邀請的不是教人「長生不老之術」的道士仙人嗎？怎麼來的是「人道組織」或「反戰團體」的代表呢？

話不投機半句多，成吉思汗於是請郭靖帶丘處機下去休息。

而後成吉思汗攻佔花剌子模，丘處機也隨後跟著軍隊東歸蒙古。成吉思汗雖不解為什麼明明他找的是心靈導師，教他的卻是反戰的和平理念，但總還是尊重丘處機的意思，少殺幾個人，丘處機因此真的救下了不少蒙古鐵蹄蹂躪下的黎民百姓。

這段「長春真人西遊記」的故事，《射鵰》的三個版本都一樣，但一版在講述丘處機東歸的一段情節時，忽然蹦出一段《元史》。金庸摘錄《元史》，將丘處機的宣道故事來了段章回小說偶會使用的「有書為證」。

這段一版引述，二版完全刪除的《元史》是：《元史．丘處機傳》中云：「太祖（即成吉思汗）時方西征，日事攻戰。處機每言：欲一天下者，必在乎不嗜殺人。及問為治之方，則對以敬天愛民為本，問長生久視之道，則告以清心寡欲為要。太祖深契其言，曰：天錫仙翁，以悟朕志，命左右書之，且以訓諸子焉。於是錫之虎符，副以璽書，不斥其名，惟曰神仙。」後來蒙古軍攻金，丘處機更全力救民，《元史》中云：「由是人奴者，得復為良，與瀕死而得更生者，毋慮二、三萬人。中州人至今稱道之。」

一版這一回的敘述難免讓人聯想，先前那一大段鋪陳丘處機到成吉思汗大帳講道的故事，原來是金庸老師對《元史》的導讀。而這堂「元史導讀」雖是金庸老師特別開立的，卻只限一版讀者專享，二版將書中夾帶的《元史》完全刪除，《射鵰英雄傳》當然也就不再是《元史》的「導讀」了！

【王二指閒話】

武俠電影裡經常建構著「虛擬」的歷史，譬如「夜宴」的時代是唐末「厲帝」之年，唐朝是有的，「厲帝」卻是虛擬的；「墨攻」中的革離在戰國時代助守「梁城」，戰國是有的，「梁城」卻是虛擬的；「滿城盡帶黃金甲」的故事主角是後唐「大王」，後唐是有的，「大王」卻是虛擬的。因為「虛擬」，故事就不必受到歷史拘束，在天馬行空的創作時，編導演跟觀眾都明白，這只是一個虛構的故事，不必把它當史實，認真考究。

金庸武俠小說也常跟歷史相結合，但金庸的風格卻不是編造「虛擬歷史」，而是在小說中夾雜真正以史料為本的史實。

金庸的創作方法是把他的江湖人物安插進真實的歷史，或將真實的歷史人物借用到他的江湖世界裡，如此一來，他的「武俠小說」就成了「歷史武俠小說」。

小說因為牽涉史實，就不能天馬行空，恣意而寫，有時金庸正將人物寫到暢快時，歷史卻突然出現，把人物從江湖逮捕回史書中，如此即減少了淋漓發揮的感覺。丘處機的故事就是一個例證。

借用歷史人物以為武俠小說之用，金庸常用的創作方法可以粗分為以下三類：

一、歷史人物並未正式出場：歷史人物由江湖人物來緬懷講述，如此的歷史人物寫來並不須改變其史料上的作為與形像，如《碧血劍》袁崇煥，《射鵰英雄傳》岳飛，都由江湖人物來懷念其言行，因而可以保留人物原本的史實風貌。

二、歷史人物與江湖人物相接觸：既然是「歷史武俠小說」，小說中的江湖人物一定會與歷史人物接觸，但名為「武俠小說」，就必須以江湖人物為核心，因而歷史人物必須對江湖人物俯首稱臣，如《射鵰》中，老年成吉思汗還須問「英雄」之意於青年郭靖，又如《神鵰俠侶》中，楊過可以輕易擊殺武功遠不如他的蒙古大汗蒙哥，再如《鹿鼎記》中，索額圖、康親王等王公大臣都得對韋小寶諂媚巴結。

三、將歷史人物直接借將過來當江湖人物：將歷史人物改頭換面，重新上妝，也可以變成江湖人物，如《天龍八部》中的段譽就是史料中真實存在的大理皇帝，此外，《射鵰》中的丘處機也是由歷史人物直接套上江湖大衣，就變成了橫劍江湖的武林英雄。

說來金庸若想引用史書當武俠書中歷史人物的佐證，前面所歸納的一、二類還說得通，但第三類歷史人物因已重做人物塑形，就實在不宜再佐以史料了。

就像丘處機從「歷史劇」轉台演「武俠劇」，他的名字雖然還叫「丘處機」，但從靈魂到肉體，都彷彿經過道教說的「奪舍」，已經換了一副新靈魂與新形貌。這個丘處機不再是歷史上修真練氣的丘處機，而是江湖上仗劍橫行的俠客。

而成吉思汗想要向其問「道」的丘處機，是歷史上那個全真教修道人「丘處機」，卻不是《射鵰》中這個脾氣暴燥的俠客丘處機。俠客丘處機單是為了王道乾獻媚於金國，政治理念與他不合，就一劍把王道乾的頭顱割了下來，這樣的「丘處機」根本是「民族主義者」與「政治狂熱者」，哪有一點修道人的樣子？

倘使《射鵰》中這個丘處機可以當成吉思汗的「心靈導師」，那麼，《水滸傳》中的花和尚魯智深與行者武松，也都該被視為神僧，更當由大宋政府延聘為國師才是。

金庸在二版將那段《元史・丘處機傳》刪了，確實刪得合理，畢竟「武俠丘處機」並不是「史實丘處機」，用《元史》來佐證《射鵰》，未免蛇足。更何況丘處機若真如《射鵰》中描述，動不動就大動肝火與人械鬥，以他的暴燥脾氣，只怕高血壓、心臟病纏身都還不足為怪，怎還能教他人養生之道？

說來就算把「成吉思汗問道於丘處機」這段在改版中直接刪除，那也還算合理，畢竟在《射鵰》書中，若真要講那些慈悲之道，虛構的郭靖還遠比那個「假歷史人物丘處機」踏實許多。

第三十八回還有一些修改：

一・小紅馬的紅色汗珠滴在地上，二版說是像櫻花，新三版改說像桃花。

二・郭靖與歐陽鋒在石室中相鬥，郭靖打不過歐陽鋒，新三版加了一段解釋，說是因為：「歐陽鋒真正所長乃蛤蟆功內力，而內力修為全仗積累，非幾下奇妙巧招可以達成。」

三．歐陽鋒在石室上所用的武器，二版是木棍，新三版改為鐵棍。

四．郭靖埋葬母親之後，二版說他：「傷痛過甚，卻哭不出來。」新三版改為：「傷痛中伏地痛哭。」

五．黃蓉在雪地上東繞西轉迷惑歐陽鋒，一版郭靖認為黃蓉是依武穆遺書所示之法，二版改說黃蓉是使用黃藥師的奇門之術。

六．歐陽鋒在雪地中按住郭靖穴道，一版是按「靈台穴」，二版改為「陶道穴」。

七．郭靖跟歐陽鋒的石室對打，一版郭靖拆了一百餘招，被歐陽鋒一掌抹到脅下而制伏，二版改為郭靖只拆了三十餘招就被制伏。

郭靖從武林高手變身為哲學家——第三十九回〈是非善惡〉版本回較

因為郭靖拒絕參加蒙古的攻宋計畫，在成吉思汗威逼下，李萍只好選擇自殺，以免郭靖受要脅。李萍去世後，郭靖隨即離開蒙古，隻身南下。

此時的郭靖在母親過世，情人黃蓉也失蹤，自己又前途茫茫的連番打擊下，整個人陷入了憂鬱的谷底，他開始懷疑自己的人生是不是完全不對頭了。

原本郭靖的人生觀是「當好人」，而他拜師學藝的目標則是「學好武功」，然而，捫心自問，學武功，他連媽媽與黃蓉都無法保護；當好人，他也自知個性游移不決，無法當斷即斷，尤其感情一事，因為自己在黃蓉與華箏之間始終不敢快刀斬亂麻，無法明確果斷地決定要跟誰結婚，故而讓自己、黃蓉與華箏都陷入了痛苦的深淵。

郭靖繼而又想，學武的目標即是「打人殺人」，因此學武說穿了就只有「害人」，然而，自己唯一的專長就是武功，如果不學武，人生到底還能做什麼？再往深處自問，自己到底活在世上做什麼？或者自己應該早點去死？但若真要死，母親當初生他養他又為了什麼？

問過自己一個又一個困惑卻無解的問題後，郭靖接著思考起了「真理」，心中因此起了更多的疑惑，他心想，江南七俠與洪七公，個個是俠義之士，卻又個個非死即傷，而歐陽鋒與裘千仞兩個惡人多行不義，卻總是逍遙自在，到底世間有沒有「天理」？人間又怎麼分「正義、邪惡」？為什麼這個世間的道理會是「善有惡報，惡有善報」呢？

二版郭靖在滿懷憂鬱下，反思與覺察到此。新三版則整整加了兩頁的篇幅，深化郭靖的哲學思維。

新三版郭靖彷彿成了哲學家，他的人生問題問得極其深入，答案也極為圓融。

新三版增寫的一大段，是由郭靖想到自己請求成吉思汗饒恕撒麻爾罕城百姓開始的。郭靖自問，撒麻爾罕人不是中國人，而是跟自己不同種族的外國人，救了他們究竟是對還是錯？是不是親人才該救，不相干的人理當見死不救？

而後郭靖立即想出了答案，他回想起洪七公在海上救了惡棍歐陽鋒，於是得到了結論，那就是做人要講「義」，所謂的「義」是中國人有危難該救，外國人有危難也該救，該做就要去做，不可計算自己是否有利，或有多少利益。

最後，他的思考又轉向靈魂學，他想到黃蓉掉入沼澤，自己要救她卻救不到，但自己對她確實是一片真愛之情。現在黃蓉死了，不管在天上還是在陰間，她既已脫離肉身，成為更全知的靈魂，就應該完全明瞭自己的心意了。

這就是新三版增寫一長段的大意。倘使在郭靖苦思時，配上一段「生亦何歡，死亦何苦，憐我世人，憂患實多」的背景音樂，郭大俠簡直就是郭上師了，這樣的郭靖似乎已經跳脫出爭鬥無已的江湖，進入了頓悟禪喜的宗教世界。

【王二指閒話】

金庸小說近年來曾有三次被選入中國語文教材，成為學生課堂上的教材。首次被選入教材的是《射鵰英雄傳》的「大是大非」一回，也就是《射鵰》第三十九回故事裡節錄的一長段，這段經摘錄後，編入了初中語文課本。

而後，《天龍八部》的「蕭峰率領燕雲十八騎上少林寺」一段也被編選入全日制高中二年級語文讀本，此外，《飛狐外傳》亦被編選入北京市的高中語文課本。

然而，若要選擇較能代表金庸文采的橋段，讓中學生都能欣賞金庸武俠文學之美，《天龍八部》的「蕭峰率領燕雲十八騎上少林寺」一段應該會比《射鵰英雄傳》的「大是大非」更適切。

相較起《天龍八部》所展現出的淋漓酣暢武俠文學，《射鵰英雄傳》的「大是大非」顯然哲學性質比較濃，「文以載道」的意味比較重，武俠文學的美感也相對比較弱。當然，這種看法是見仁見智的。

而關於新三版增寫郭靖人生思考的這一大段，我們可以從中發現改版過程中的一種有趣現象。

以金庸的創作年齡來看，一版《射鵰》於一九五七年在〈香港商報〉連載，那年金庸三十三歲，二版《射鵰》修訂於一九七〇年至一九八〇年之間，當時金庸約五十歲上下，新三版《射鵰》完成於二〇〇三年，這一年的金庸已經七十九歲了。金庸分別在中年與老年時，兩度修改自己青年期的創作，於是，發展出的一種奇妙現象，就是金庸筆下的郭靖、黃蓉並沒有長大，不論幾經改版，他們都仍是原來的年輕人，然而，在背後為他們描繪雕塑的金庸，卻隨著年齡而成熟了。

在進行改版的時候，金庸有時會以更成熟的智慧，回頭對他筆下的主角「灌頂」，這就彷彿是無崖子將數十年功力灌入虛竹體內一樣，就因如此，改版之後的郭靖變得世故而早慧，二版郭靖原本是陷入憂鬱無助的徬徨青年，但新三版這麼一增寫，郭靖即變成如佛教所言「無緣大慈，同體大悲。」或像基督教所說「要愛鄰人，像愛自己一樣。」那般，成了頓悟宗教慈悲觀的覺醒者。

倘使郭靖在思想早慧後，言行也隨之慈悲，那當然是成功的創造，然而，金庸在新三版將郭靖的思想改寫了，卻沒有同時改變這個「開悟後」郭靖的行為，他仍跟二版將去助守襄陽一般，馬上就要去助守青州，也即將在《神鵰》中助守襄陽。

說來郭靖在新三版的開悟如果是真的，那麼，他理當跳脫出「漢族本位主義」的思路，並且視宋蒙、宋金之爭都只不過是蝸牛角上的無意義爭戰，更將為了保全宋蒙與宋金的所有黎民百姓而倡導和平。

這樣的郭靖會自然地成為「反戰」的「和平使者」，他絕無可能主動投身到青州或襄陽的戰場。雖說守青州、襄陽是為了保大宋百姓之命，然而，若是為了固守宋城，卻傷害前來攻城的金人或蒙軍，「同體大悲」的郭靖理當也會於心不忍，在這樣的思維下，郭靖如何殲敵守城？

「開悟後」的郭靖更有意願擔任的，應該會是宋蒙與宋金間的「調停者」，並力求雙方和平，這樣的他又怎麼可能變成「但使襄陽郭靖在，不教胡馬度陰山」的守城將領呢？

新三版郭靖的思想與行為互相矛盾，若我們當真非做出合理的解釋不可，那就只能說，新三版增寫的那一大段，也只不過是郭靖的靈光一閃，一時頓悟之後，他就隨即拋到腦後去了，至於郭大俠頓悟後的選擇，仍是在襄陽的守城與對蒙的抗戰中，抗敵護國，成為為國為民的俠之大者。

第三十九回還有一些修改：

一．歐陽鋒練功後，再回山洞請黃蓉解經，二版歐陽鋒是僵直倒立，抓起圓石撐地，倒立而歸，新三版改為歐陽鋒翻半個筋斗，挺直站立，邁步回去。

二．郭靖聽到歐陽鋒背的梵語《九陰真經》，二版是郭靖隨興亂寫的「假經」，新三版改為洪七公教郭靖不可改動《九陰真經》的奇文怪句，因此歐陽鋒背的是一字不錯的真經內容。

三．黃蓉要周伯通叫她三聲「好姊姊」，就教他制伏沙通天等人之法，二版周伯通真的叫她三聲「好姊姊」，新三版改為周伯通第三聲叫她「好阿姨」。這也是要增強周伯通的頑皮幽默。

四．在這一回的情節裡，黃蓉曾倚在郭靖懷中，但讀者難免疑惑：「為什麼黃蓉穿軟蝟甲還能依偎在郭靖懷中，難道郭靖不會受傷嗎？」。新三版因此增寫解釋，說因黃蓉慣穿軟蝟甲，因此「凡靠在郭靖身上，必慣於使得甲上尖刺不會刺痛郭靖。」

五．新三版較二版增寫，洪七公要殺惡徒前，丐幫查得清清楚楚，證據確實，一人查過，二人再查，決無冤枉，這才殺他。這段增寫是要避免讀者認為洪七公對「惡徒」的認定過度主觀。

六．周伯通要丘處機將沙通天四人帶回關押，一版是將沙通天等人囚禁在清虛觀十年，二版改為囚禁到重陽宮二十年。此處改寫乃因重陽宮是《神鵰俠侶》中的全真教重鎮，因此將「清虛觀」改為「重陽宮」，能讓《射鵰》與《神鵰》扣合得更緊密。

七．洪七公自稱殺過的惡人，一版是五百三十一人，二版減為二百三十一人。這處改寫是要符合「祥和原則」。

郭靖由守襄陽改為守青州——第四十回〈華山論劍〉版本回較

襄陽自古為兵家必爭之地，「襄陽」這個地名還跟小說中兩個大人物緊密相連，一位是《三國演義》中的首席智者諸葛亮，諸葛亮尚未出仕時，即隱身於襄陽隆中躬耕，另一位則是《射鵰英雄傳》中的「將軍大俠」郭靖，他學武有成後，幾乎將一生完全付諸於襄陽的守城重任。

在二版《射鵰》第四十回中，郭靖於武功境界足與黃藥師及洪七公平分秋色，愛情上亦與黃蓉修得正果後，馬上投入了襄陽的守城，新三版郭靖則由襄陽跳槽，改往青州守城。

二版的故事是這樣的，華山論劍之後，黃藥師、郭靖、黃蓉翁婿三人四處遊山玩水，好不快活。

而在某一天，郭靖接到了華箏的「白鵰傳書」，她洩露軍情給郭靖，說蒙古大軍即將南征襄陽。郭靖得訊後，問過黃藥師的意見，決定以一身武功，前往襄陽協助防禦蒙古鐵騎。

郭靖、黃蓉二人由兩湖南路北行到襄陽，此時的襄陽由安撫使呂文德領兵坐鎮，靖蓉二人要謁見呂文德卻不得門路，黃蓉甚至還送出一兩黃金賄賂門房，卻仍被告知半個月後方能接見。

情急之下，靖蓉二人乾脆使出輕功跳入安撫使府，然而，雙眼所見，卻是呂文德坐擁姬妾，飲酒做樂，郭靖於是直接趨前向呂文德面稟，剎時之間，呂文德還以為他倆是刺客，嚇得面無人色。

郭靖告訴呂文德蒙古軍即將來犯，呂文德卻認為來犯的是金兵，在他的認知裡，蒙古既與大宋聯盟，又怎會前來攻宋？因此靖蓉二人報訊離開後，呂文德仍不思整治軍備。

黃蓉見呂文德無心抗敵，於是心念一轉，自安撫使府中盜出金珠與官服，準備師法「弦高犒師」，試試能否以三言兩語嚇走蒙軍，然而，他倆所見到的蒙古軍，竟是準備壓境的十餘萬大軍。

靖蓉二人當下再回襄陽。此時蒙古先鋒部隊雖已襲來，呂文德卻仍無意抗敵。郭靖眼見情急，抓住北門守城官，再假傳聖旨，高呼皇帝已下旨意將呂文德革職，改由郭靖領兵抗蒙。在城防慌亂之時，郭靖此招奏效，順利取得了襄陽大軍的統帥之權。

二版郭靖統領襄陽大軍後，旋即與拖雷大軍展開對峙。

新三版則將這段故事改為郭靖助守青州城，改寫後的故事略說如下：

華山論劍後，黃藥師、洪七公各自逍遙離去，黃蓉對郭靖說：「爹爹真好，放咱們小夫妻自由自在的胡鬧，他眼不見為淨。」兩人旅玩數天後，接到華箏報訊，說蒙古將南伐大宋。

靖蓉二人而後至湖州「招商客寓」歇宿，用飯時聽人說起山東益都府青州「忠義軍」之事。原來「忠義軍」是濰州人李全跟他號稱「二十年梨花槍、天下無敵手」的夫人楊妙真，以及兄長李福共同領導的義軍，這支義軍將淮南與山東的金兵擊退，得據大金舊轄之地。

因忠義軍聲勢浩大，南宋丞相史彌遠因此任命李全為京東路總管，並正式收編其手下軍隊，名之為「忠義軍」。

但大宋收編「忠義軍」後，卻對之頗有猜忌之心。雖說李全連敗金兵，大宋將他再擢昇為「保寧軍節度使兼京東路鎮撫使」，然而，在李全之上，朝廷卻又委派了另一員大將許國擔任「淮東制置使」，用以牽制李全。

而後，因為許國為人昏暴，忠義軍竟憤而殺了許國全家。

聽聞「忠義軍」傳聞後，為了抗擊來犯蒙軍，靖蓉二人前來面見李全，然而，他倆看到的李全，卻是在宋金之戰立下戰功後，既驕傲且頗有官架子的大員，對靖蓉二人也無好感。

而後李全又下軍令，要擒殺叛亂的忠義軍，以及趕走強佔餉銀庫的宋軍。

在郭靖的眼中，李全統兵混亂，下屬則軍士內鬥。郭靖將蒙古來犯的軍情告知李全，李全卻連金兵與蒙古兵都分不清。

此時蒙古先鋒部隊已然壓境，郭靖於是假傳聖旨率領忠義軍出戰，並與拖雷大軍對峙。在戰陣中，有蒙軍萬夫長認出郭靖是金刀駙馬，拖雷遂瞧郭靖金面而先退軍。

李全夫婦則在發現郭靖與蒙軍將領是舊識後，竟與郭靖商量舉城投降。

這就是新三版的改寫，郭靖助守之城從二版的襄陽一變而為青州。

在新三版《射鵰》甫出版，新三版《神鵰》尚未面世時，某些讀者曾頗為驚詫地問：「如果郭靖不守襄陽，改為守青州，那麼連帶改寫之下，郭襄莫非也要改名『郭青』？大家熟悉的『襄兒』，倘使改叫『青兒』，讀者們怎能接受？」

但讀者們完全可以放心，因為郭靖守青州僅只於《射鵰》，新三版《神鵰》的郭大俠仍然如如不動待在襄陽，而峨嵋派開山祖師婆婆，當然也還是大家熟悉的小東邪「郭襄」！

【王二指閒話】

記得中學的時候，我曾有這麼一位同學，平日裡的他，不論國文歷史或哪一門學科，幾乎全都不靈光，然而，在某一堂歷史課中，這位同學竟跟老師侃侃而談，這樣的畫面讓其他同學們都不禁為之驚詫。

那堂歷史課上的是康熙朝的史事，這位同學在課後驕傲地告訴我們，他已經看了多次《鹿鼎記》，也因此熟知康熙時代的歷史。聽過他的話後，讓我們這些為了聯考而把小說都冰封在書櫃中的同學們都欣羨不已。

後來我跟許多金庸小說的讀者聊天，才發現藉由讀金庸小說而認識中國歷史的大有人在。許多讀者都是因為熟讀金庸小說，才隨之熟稔中國歷史，而他們腦子裡印象最深的幾段中國歷史，就是從《天龍八部》的北宋到《書劍恩仇錄》的清乾隆時代，金庸武俠小說用來當時代背景，並因此夾帶在小說中敘述的相關史事。

在閱讀小說的過程裡，讀者普遍深信金庸引述的史實，而深獲讀者信任的金庸，也確實是歷史學者，即使年過「從心所欲而不踰矩」之年，金庸仍以好學之心到英國劍橋大學攻讀歷史，並撰寫了《初唐的王位繼承制度》一篇論文。

因為喜好研讀探索歷史，金庸在兩次改版的過程裡，亦針對小說中所牽連的史實，援引更正確的史料，經由增刪修改，讓小說中的相關歷史情節更符合史書所記載。

關於蒙軍進攻襄陽一事，在讀者與金庸紙上問答的「金庸大哉問」中，有位讀者談過一樁趣事，這位讀者說，學校考試曾有這麼一道歷史考題：「宋人抵抗蒙古十分壯烈，請問宋人堅守襄陽城共幾年之久？」課本上的答案是六年，但他記得金庸小說中郭靖守襄陽不只六年，因此回答「十六年」，結果被多扣三分，希望金庸可以解釋。

金庸回答此問題時，詳細解釋了蒙古人開始攻打襄陽的年代，他說「根據史書記載，蒙古人攻打襄陽城，最早是在公元一二三四年，即宋朝理宗端平元年，蒙古人攻打襄陽城的原因，是緣於南宋在和蒙古人約定聯合滅金後，趁機收復了襄陽等地，而蒙古人卻認為那些領土是他們的，所以便開始攻打襄陽。」這一段史料出自金庸本人的考據，關於蒙古人攻打襄陽的時間，金庸明確地告訴我們是由西元一二三四年開始。

以小說情節對照史料，在二版《射鵰》中，郭靖於成吉思汗過世前即前往襄陽助守，而後郭靖本想刺殺拖雷以結束戰爭，又臨時改變心意，轉而去探望重病的成吉思汗，成吉思汗則在與郭靖深談後不久即去世。

歷史上的成吉思汗是在一二二七年病逝的，而根據金庸的考據，蒙古攻打襄陽則是從一二三四年開始，也就是說，郭靖根本不可能在一二二七年助守襄陽。

金庸定然發現了這個矛盾。雖然小說創作不見得要事事符合史實，金庸也可以大筆一揮，比照更改建寧公主輩份的描寫，加個註說：「蒙古攻打襄陽之年，理當在成吉思汗病逝之後，但稗官小說不求事事與正史相合，請學者通人鑒原。」然而，以金庸嚴謹的治學與創作風格，他絕不願意這樣敷衍讀者。

為了不讓小說明顯悖逆史實，金庸決定放棄襄陽，為郭靖另尋可以助守之城，後來果真在史料中找到「青州」這處既符合史實，又足可將二版郭靖助守襄陽的情節全盤轉移的城池。

根據史料，在大金衰敗之後，許多原籍大金的山東遺民紛紛歸附南宋，這些地方無形中就變成了南宋疆土的延伸，李全「忠義軍」所在的青州就是其中一處。

而後大金國兵敗於蒙古，青州地區於是成為蒙古與大宋的交界，蒙宋兩國於一二二五年左右在青州發動戰爭。因為戰爭的時間正好在成吉思汗過世前，因此與小說情節的吻合度遠較襄陽為高，金庸於是順理成章將郭靖由襄陽轉移到青州，以圓「郭靖為大宋守城」之說。

將郭靖助守的陣地由襄陽轉到青州，小說與歷史即能結合得更加天衣無縫，由此可知金庸改版時的深刻用心。而只單看這樣的用功精神，就讓人不由自主地對金庸發出無上的讚嘆。

第四十回還有一些修改：

一．郭靖與黃藥師在華山過招，二版郭靖稱黃藥師為「黃島主」，新三版改叫「岳父爹爹」，黃蓉還高興地說：「靖哥哥，你叫我爹爹，叫得挺好！」

二．洪七公觀察歐陽鋒逆練《九陰真經》後的武術，二版歐陽鋒是將蛤蟆功逆轉運用，新三版改為歐陽鋒將常用掌法逆轉運使。

三．關於洪七公的武功招式，二版的「笑口啞啞」，新三版改為「笑言啞啞」。「笑言啞啞」一詞出自《易經》。

四．新三版增寫了成吉思汗老年後的人生智慧，他對郭靖與托雷說：「咱們雖是蒙古人漢人，但一直到死，始終要和好，像一家人一樣。」這段增寫顯出成吉思汗的心胸更為寬大。此外，新三版郭靖對成吉思汗的評語中也加了一段讚美：「你滅卻數十國，歸併千百部族，統率萬國，大家奉你號令，萬國萬姓都有太平日子好過，大家不再你打我，我打你，日子過得太平，人人心裡是很感激你的。」

五．一版歐陽鋒精神失常後，大叫「天王老子到了，玉皇大帝下凡啦」。二版改為歐陽鋒大叫：「我九陰真經上的神功已經練成，我的武功天下第一！」。

六．黃蓉在歐陽鋒發瘋後，逼使他相信有一個「歐陽鋒」比他還強，一版說黃蓉是使用《九陰真經》的攝心術，並說「此時歐陽鋒心神散亂，被黃蓉目光逼視過來竟然難以自主。」二版刪去了「攝心術」之說，改為黃蓉直接告訴歐陽鋒，有個「歐陽鋒」他一定打不過，遂將歐陽鋒逼入了更深的瘋狂狀態。

七．郭靖回蒙古見成吉思汗，成吉思汗射白鵰時，白鵰在懸崖上盤旋，一版說是白鵰認得故居，二版刪去了這說法。

小嬰兒楊過已在為《神鵰俠侶》打書

——第四十回〈華山論劍〉版本回較

長江後浪推前浪，在《射鵰》最終回，郭靖的武功已經足能與天下五絕「華山論劍」，也決定將未來的人生投入保宋安民的救國大業。

《射鵰》就此進入尾聲，隨著全書圓滿結束，金庸成功地將郭靖拉拔成一棵雄偉的大樹，而與此同時，新生的小樹苗也冒出地面來了，《神鵰俠侶》的男主角楊過要在這回出場跟讀者們打招呼。

關於楊過初登場的故事，三種版本都不一樣，且來看看版本變革中的妙趣。

二版的故事說，郭靖、黃蓉旅經江西南路的上饒，兩頭白鵰忽然與巧遇的丐幫彭長老相鬥，雌鵰啄瞎彭長老的左眼後，彭長老遁逃而去。

此時郭靖聽到身後的草叢中有嬰兒叫聲，定睛望去，原來是一個嬰兒坐在地上，嬰兒身邊還有一位青衣女子昏倒在地，再仔細一看，那女子竟是靖蓉二人的舊識穆念慈。

經過黃蓉推拿之後，穆念慈醒轉，並告訴靖蓉二人他與楊康有了愛的結晶。原本她母子倆要回臨安故居去住，但走到上饒就已體力不支，因此暫住此地一間無人破屋，依靠捕獵採果為生，幸而楊過聰明伶俐，堪慰母親辛苦。

這天穆念慈楣運罩頂，出門遇上彭長老，還被他打倒而暈去，幸得靖蓉二人路經此處才解危。黃蓉則告訴穆念慈，楊康已於鐵槍廟中蛇毒死去。

在穆念慈請託下，郭靖幫小嬰兒取名「楊過，字改之」，原本靖蓉二人還勸穆念慈帶著楊過回臨安，但穆念慈打算先到嘉興為楊康祭墳，於是他倆贈了穆念慈一些銀兩，即離開穆念慈而去。

這一段情節讓讀者們頗為困惑，讀者們不解的是，以郭靖那造詣不佳的文學素養，怎麼可能想出「楊過，字改之」這麼深具含意的名字呢？此外，楊過既是郭靖結義兄弟楊康的唯一血脈，穆念慈又是靖蓉二人的摯友，靖蓉二人怎會放任她一個人在上饒的破屋中當單親媽媽，獨力養育楊過？難道他倆從未考慮彭長老有可能去而復返，對穆念慈母子造成嚴重的威脅嗎？

新三版針對上述的疏漏做了一些修正，在新三版中，靖蓉二人見到穆念慈母子的地點是在兩浙西路的長興，而穆念慈之所以暈倒，乃是中了彭長老的攝心術。

靖蓉二人與穆念慈聊過楊康去世的舊事後，穆念慈請郭靖幫孩子取名字，郭靖轉而對黃蓉說：「蓉兒，我文字不通，請你給取個名字。」而後即由黃蓉將小嬰孩取名「楊過，字改之」。

而後黃蓉邀穆念慈母子至桃花島，郭靖也願意收楊過為弟子，但穆念慈越見靖蓉二人幸福甜蜜，越是自憐悲苦，因此婉拒了郭黃二人的邀約。不過，她仍抱著楊過對靖蓉二人拜了幾拜，以表達敬師父、師娘之意，並說等楊過大一些再前去投靠師父、師娘。

因穆念慈堅辭同往桃花島，郭靖贈予了她不少銀兩，而後即離她而去。

新三版一修，故事就極為圓融了。

看過二版與新三版之後，我們再回頭品味一版，一版楊過的初登場故事完全是另一番風景。

在一版的故事裡，靖蓉二人在隆興府武寧縣，經惡林，過長嶺，到了郭靖先前與秦南琴捕血鳥之處，兩人在此見到雙鵰與血鳥正圍攻彭長老，血鳥啄瞎了彭長老左眼，而後彭長老即負痛逃逸。

接著郭靖見到了草叢中的楊過，他看到的「奇景」是：只見一個嬰兒坐在地下，兩隻小手牢牢握住一條毒蛇，那蛇翻騰掙扎，卻脫不出嬰兒的手掌。郭靖怕那毒蛇咬傷嬰兒，伸手想去拉蛇，那嬰兒雙手一揮，已將毒蛇拋在地下，但見那蛇抖了幾下，竟自不動，原來已被嬰兒捏死。

郭靖見這嬰兒未滿兩歲，竟然具此異稟，心中又驚又喜。

秦南琴隨後與靖蓉二人聊起了舊事，原來秦南琴懷楊過後，舉目無靠，又回故居捕蛇維生，這日竟差點失身於彭長老，幸得靖蓉二人恰巧經過，她才因此得救。

而後秦南琴請郭靖為嬰孩命名，郭靖為他取名「楊過，字改之」。一版於此處還寫了一段「新書預告」：「那楊過長大後名揚武林，威震當世，闖出一番轟轟烈烈的事業，他一生際遇之奇，經歷之險，猶在郭靖之上，此是後話，暫且不表。」

在一版的故事裡，最後郭靖贈秦南琴百兩黃金，黃蓉則贈秦南琴一串明珠，又將血鳥送給了她，兩人就此離開。

一版的小楊過當真天賦異稟，未滿兩歲，已經榮任行銷，並開始為《神鵰俠侶》狂打新書預告。看小楊過那一手抓蛇賣藝的搏命演出，倘使我們不接著看《神鵰俠侶》，就真的太不捧小楊過的場了！

既然如此，那麼，看完《射鵰》，就讓我們繼續看《神鵰》吧！

【王二指閒話】

金庸在《神鵰俠侶》後記中說：「《神鵰俠侶》的第一段於一九五九年五月二十日在香港

〈明報〉創刊號上發表，小說約刊載了三年，也就是寫了三年。這三年是〈明報〉初創的最艱苦階段。」

《明報》是金庸人生中的重要事業，萬丈高樓平地起，再成功的事業也必須始起於奮鬥的第一步。據冷夏《金庸傳》所說，當初是金庸與同學沈寶新各出八萬與二萬，以十萬元投入前途未卜的〈明報〉事業，在各類報紙林立的艱難環境下苦苦支撐。

而金庸的武俠小說在當年已然威震香港，倪匡就曾說：「等到《射鵰英雄傳》一發表，更是驚天動地，在一九五八年，若是有看小說而不看《射鵰英雄傳》的，簡直是笑話。」

金庸的《射鵰英雄傳》是在〈香港商報〉上發表的，但金庸既要獨立門戶，創辦自己的〈明報〉，他的武俠小說當然也必須是〈明報〉的金字招牌之一，因此金庸必然希望由〈明報〉接收原屬〈香港商報〉的小說讀者，是以他一定要在〈明報〉創作《射鵰》的「續集」，讓喜好《射鵰》的讀者轉而購買〈明報〉。

金庸慣有的創作風格，既不像古龍的《楚留香》之類作品，主角甫登場即是渾身絕技的大俠，也不像張大春的《城邦暴力團》這般，全書盡是耆齡老俠。金庸的創作手法向來是由「俠」的童年寫起，讓讀者們與俠士共同成長，培養出情感認同後，俠士才在讀者們的期待中，漸漸長成武功超絕的少年英俠。

按金庸的創造風格，〈明報〉即將連載的新小說，主角當然不可能再是郭靖，金庸將塑造全新的少年俠士，這位俠士還得承擔部份〈明報〉銷售量的責任，所以，《神鵰俠侶》的楊過即是〈明報〉預設的推銷員之一。

因此，《神鵰》的楊過若提早到〈香港商報〉的《射鵰》最終回登場，就能幫《神鵰》做廣告，讓讀者在閱讀《射鵰》最終回時，亦能先與楊過打照面，這是《射鵰》中夾帶的「置入性行銷」，也是《神鵰》轉移陣地到〈明報〉的戰略之一。

至於這樣的策略效果好不好呢?我們且看冷夏在《金庸傳》說的：「不容置疑，查良鏞的武俠小說事實上是〈明報〉初創期的『招牌菜』，為了追看查良鏞的武俠小說，武俠迷們紛紛轉而改買〈明報〉。這與查良鏞當初的預計完全脗合。」

可知小嬰兒楊過出馬，果真踏出〈明報〉與《神鵰》雙雙成功的第一步。

最美好的時光

猶記得中學時代，每次考完段考，最大的享受就是回家後，沉溺到金庸的武俠世界裡。

在我中學的那段時間，香港黃日華、翁美玲版的「射鵰英雄傳」方引進台灣，戲劇裡的郭靖、黃蓉全都成了同學們在學校閒談時最熱烈的話題。

因為非常喜歡這齣戲劇，一直到如今，轉眼過了數十年，年逾不惑的我，還是常常哼唱著當年「射鵰英雄傳」的主題曲。

那是連回想起來都會讓人微笑的美好時光，在課業繁忙之餘，打開電視，就一頭栽進金庸的江湖世界裡。

看過電視劇之後，因為想對原著有更深的了解，我也會到圖書館借《射鵰英雄傳》回家品味。讀過小說後，才知道《射鵰》是金庸第一部長篇著作，在《射鵰》之後，還有精彩絕倫的《神鵰》、《倚天》等射鵰的「續篇」。

然而，即使我後來讀過金庸所有的作品，仍然忘不掉第一次看《射鵰》的悸動。在我心中，《射鵰英雄傳》始終代表著「金庸小說」，郭靖黃蓉也一直都是金庸筆下俠士俠女的表徵。

因此在寫作這系列逐回版本比較的文章時，第一部我就打算回評射鵰版本。我相信一定有許多金庸讀者跟我一樣喜歡這部小說，也相信他們對於射鵰版本的來龍去脈有著深切的好奇與關心。

從版本變革中認識金庸小說，是金庸小說讀者的獨門享受，世上只怕沒有其他的作家願意花這麼多的心血修改自己的成名作品。《射鵰》曾經金庸大刀闊斧的兩次改版，尤其是份量頗重的秦南琴，竟在一版改為二版時，與穆念慈合併為一人，這樣的改寫手法絕對是其他部金庸小說所未見。

此外，二版改為新三版時，金庸突然加進巧思，讓黃藥師與梅超風譜出了一場曖昧的師生戀，這段改寫當年在報章雜誌披露時，所佔的版面彷彿是一樁驚人的社會事件。而新的情節公開後，讀者們或是讚賞，或是攻擊，其聲勢之浩大，確實也屬文學史上之一奇。

這些精彩的改版橋段，我都整理在本書裡，希望讀者們閱讀後，發出更深的好奇心，或者更能進而展讀原書。

原著裡所蘊藏的版本妙趣，絕非我三言兩語所能介紹的盡。而版本比較的真正樂趣，也只有在自己品味原著後，才能得其中三昧。

在全書的最後，為了這本書的順利完成，我想致上我的謝意。

感謝遠流出版社的鄭祥琳小姐，謝謝妳在我研究金庸版本的過程裡，始終給我鼓勵，尤其是明報原版《天龍八部》的分享，真的為我帶來極大的啟發與助益。

感謝潘國森老師的推薦與讚賞，沒有您的促成，這本書就無法從部落格走向真正的紙本書籍。

當然，我最感謝的還是「金庸版本的奇妙世界」的所有讀者們，謝謝你們這麼多年來的點閱與留言互動。因為你們的支持，這個部落格才能繼續前進！謝謝你們！也祝福你們都能擁有獨屬於自己的精彩人生！